정례가 시집와서 오 남매를 낳았다

# 정례가 시집와서 오남매를 낳았다

임학순 지음

젊은 남편의 지독한 방황

술과 노름

가난이 찾아왔다

논 밭 집이 날아가고 산비탈만 남았다

가난과 투쟁하며 오 남매를 키웠다

일하고 또 일했다

참고 또 참았다

기도하고 또 기도했다

힘들어도 행복했다

북코리아

# 1936년생 노정례

나는 360520-으로 시작되는 주민등록증을 갖고 있다.
봉동 정동에서 태어나
1945년 해방과 1950년 전쟁을 겪었다.

아버지는 씨름으로 명성이 자자했고,
딸인 나를 무척 예뻐하셨다.
전쟁 때는 아버지를 보호하기 위해
산속 동굴로 피신한 아버지에게 음식을 날랐다.
지금도 아버지를 자랑스럽게 생각한다.

어린 시절, 경제적으로는 풍요로운 편이었다.
학교는 다니지 못해, 남동생들 어깨너머로 한글을 배웠다.
어머니는 생강을 팔러 여기저기 다니셨다.
나는 어머니를 통해 장사하는 법을 배웠다.

1956년 나이 스물에
화산면 상와마을에 살고 있는 임관영에게로 시집을 왔다.
남편 임관영은 그 당시 중학생이었다.
남편이 군복무할 때는 먼 길을 걸어 남편을 만나러 가기도 했다.

시어머니는 남편이 어릴 때 일찍 돌아가셨고,
시아버지는 며느리인 나를 무척 예뻐하시고, 든든해 하셨다.
시아버지를 정성으로 모셨다.

남편은 일보다는 노는 것을 더 좋아했다.
공부하는 농부였다.
한문을 공부하고, 소설책을 읽었다.
서예도 했다. 일기도 자주 썼다. 전통의례에도 밝았다.
자식들과 재미있게 놀아 주는 남편이 고맙다.

나는 학교 배움이 없었기에 공부하는 남편을 더 따르고 존경했다.
순수하고 청렴하며 탐욕이 없는 남편이 좋았다.
이웃의 문제를 해결하기 위해 노력하는 남편이 좋았다.
남편이 술과 도박으로 힘든 시절을 보낼 때도
남편을 달래고 믿고 기다렸다.

남편의 방황은 길었다.
술과 노름.
저항해도 쉽게 끝나지 않았다.
가난이 찾아왔다.

집도 날아가고, 논과 밭도 날아갔다.
남편의 지독한 방황은 가난을 부추겼다.
가난과 투쟁하며 오 남매를 키웠다.
마지막 남은 산비탈을 파서 황토밭을 만들었다.

일하고, 또 일했다.
참고, 견뎠다.

자식들을 생각하며 밭에서 일할 때 행복했다.
열심히 공부하고, 스스로 삶을 개척해 가는 오 남매가 고맙다.
자식들의 꿈을 키워 준 화산중학교가 고맙다.

먹을 것을 풍성하게 내주고
노동의 즐거움을 맛보게 한 황토밭이 고맙다.
고추 마늘 감 양파를
돈으로 바꿔 준 고산장과 전주시장이 고맙다.
힘들 때 함께해 준 이웃 사람들이 고맙다.

기도하며 살아왔다.
기도하며 나를 바로 하고, 열심히 살 것을 다짐했다.
기도하며 견디는 힘을 얻었고, 꿈을 꿀 수 있었다.

장독대에 정한수를 떠 놓고 기도했다.
밭에서 기도하고, 논에서 기도했다.
아침 해를 바라보고 기도하고,
밤하늘 달을 바라보고 기도했다.
조상에게 기도하고, 부처님에게 기도했다.
지금은 매주 종리교회를 다니며 주님께 기도한다.

남편은 마흔을 넘어 방황의 세계에서 탈출했다.
언젠가 남편은 내게 미안하고, 고맙다고 했다.

새롭게 사랑을 고백하는 그림도 그려 주었다.
2006년 5월, 남편은 하늘나라로 갔다.

2019년 6월 현재
나는 상와마을에서 혼자 살고 있다.

오늘도 일하고 기도하며 하루를 보낸다.
손주들 생각하며 웃는다.
나의 기도를 다 들어주신 신께 감사드린다.

# 책을 펴내며

오랜 망각에서 막 깨어난 듯
오십이 한참 지난 어느 날 갑자기
어머니를 어머니가 아닌 한 인간으로 바라보기 시작했다.

어머니의 이름은 노정례.

인간 노정례의 세계를 탐험하는 여정에서
존재로서의 어머니가 인간 노정례 실존의 전부였음을 알았다.

어머니 삶의 이야기가
우리 가족의 위대한 유산임을 깨달았다.

한 인간의 삶의 궤적을 찾아다니며
허무의 대지에 생명의 숲이 창조되는 생동감을 느꼈다.

책을 만들기 시작했다.
어머니와 만나 이야기하고, 또 이야기했다.
함께 웃고, 함께 울었다.

그 옛날 겨울에 고추를 팔고, 허기가 밀려올 때
그냥 지나쳤던 남부시장 피순대 골목에 가서
그 옛날 드시지 못한 곱창과 순댓국을 한상 차려 놓고
웃고, 울었다.

몰랐다.
어머니이니까 당연히 어머니려니 생각했다.

왜 그렇게 일하고 또 일했는지?
왜 그렇게 참고, 견뎌 내셨는지?

어머니의 어린 시절은 어땠는지?
어머니에게 자식이란 무엇인지?
어머니에게 아버지는 어떤 존재인지?
어머니에게 산, 강, 논, 밭은 무엇인지?
어머니의 기도는 무엇인지?

어머니는 어떤 마음으로 세상을 사셨는지?
어머니의 꿈은 무엇인지?

묻지도 않았다. 알려고 하지도 않았다.
어쩌다 내가 이렇게 되었을까?
모든 감각이 마비되었다.

이제라도 망각의 강을 거슬러
기억의 흔적을 찾아 항해를 시작한다.

시간과 공간의 망에
어머니의 이야기가 영롱하게 맺힌다.

그 속에 내가 보였다.

아버지는 어머니를
큰 산, 거산(巨山)이라고 했다.

어머니는 나에게도 큰 산이다.
그리고 큰 바다, 거해(巨海)다.

이 책은
항해를 시작하다 잠시 정박한 어느 포구에서 쓴 것이다.

오늘도 호미를 들고
산비탈을 오르내리시는 어머니께
이 책을 바칩니다.

2019년 2월 3일
화산 와룡리 상와마을 고향 집 마루에서
아들 임학순

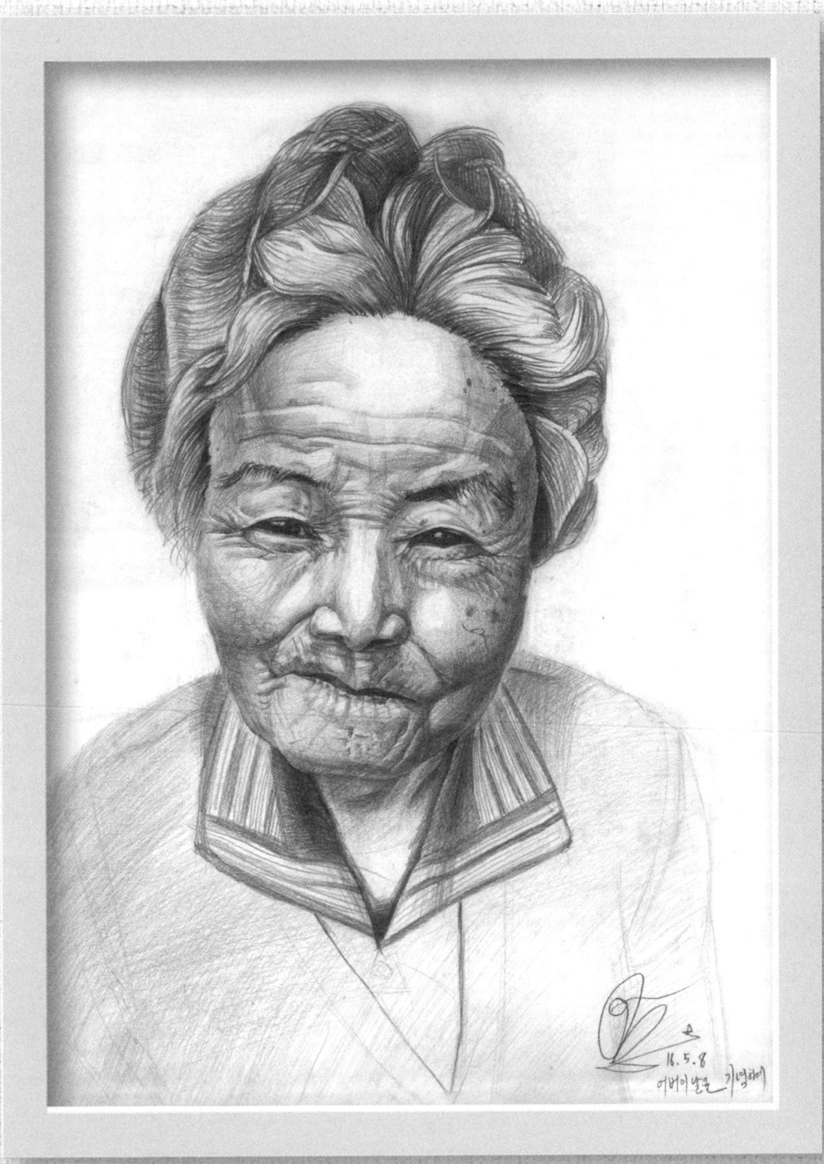


손자 임병현이 그린 할머니

# 차례

이야기 다섯, 그리움

## 너희 아버지가 그립다 95



이야기 여섯, 행복

## 힘들어도 즐거웠다 129

이야기 하나. 시련

# 술과 노름
# 혹독한 시련이
# 닥쳐왔다

아버지는 20대 30대를
술과 노름으로 방황했다.

어머니의 격렬한 저항에도 멈추지 않았다.

가난이 들이닥쳤다.
혹독한 시련이 닥쳐왔다.

죽느냐 사느냐의 경계에서
어머니는 사는 것을 선택했다.

# 산비탈만 남았다

아버지 노름으로

논
밭
나무
집이 날아갔다.

산비탈만 남았다.

# 아버지는 술로 청춘을 채웠다

아버지는 술을 지독하게 마셨다.
막걸리, 소주를 마셨다.
마흔 살까지 그랬다.

사는 것이 힘들어서 마셨고
사람들과 어울리려고 마셨다.

소나기가 쏟아지던 어느 칠흑 같은 여름밤
아버지는 흠뻑 비를 맞고, 거나한 채로 집에 오셨다.
오른손에 큰 돌을 쥐고 계셨다.
두려움과 불안감이 깃들어 있었다.

나는 어머니와 함께 아버지를 부축했다.
나는 작대기를 들고 들어와 머리맡에 놓고,
방문을 잠갔다.
뜬눈으로 밤을 지새웠다.

아버지를 지켜야 한다.

한번은 술을 드시고 오셨는데
또다시 동네 친구들과 술을 드시러 나가셨다.
술집은 집에서 오 리 떨어진 곳에 있었다.
논둑길을 걸어서 가야 했다.

비틀비틀 하셨다.
어머니는 걱정이 돼서
나보고 따라가라 했다.

나는 멀찌감치 떨어져
묵묵히 따라갔다.
아버지는 힐끗힐끗 되돌아보았다.
그리고 화를 냈다.

집에 돌아가라.

나는 끝까지 따라갔다.

또 술을 드신 어느 날에는
격렬하게 토하셨다.
누나는 꿀물을 탔고
나는 아버지 등을 두드렸다.

가난한 살림에
뼈 빠지게 일해도 부족할 판에
술이라니.

어머니는 말씀하셨다.

한편으로는 원망스럽고
한편으로는 불쌍하다.

어머니는 아랑곳하지 않고
묵묵히 일했다.
그리고 기도했다.

# 호롱불을 들고,
# 아버지의 노름방을 찾아갔다

아버지는 젊은 시절 노름을 했다.
곳곳에 노름방이 많았다.

건넛마을에도 노름방이 있다.
도박꾼들이 모여 밤새 노름을 한다.
밤사이에 땅문서 밭문서 집문서가 날아간다.

아버지는 30대를 노름으로 보냈다.
지독했다.
넉넉하지 못했던 살림이 확실히 무너졌다.
지독한 가난이 시작되었다.
지독한 고난이 시작되었다.

# 노름 현장 하나

내가 초등학교에 들어가기 전 어느 날.
밤이 깊었는데도 아버지는 돌아오지 않는다.
어머니는 짐작이 가는 듯
호롱불을 들고 나를 데리고
아버지를 찾아 나섰다.

비장하다.

밤은 더 깜깜해지고
호롱불은 더 빛났다.

산모퉁이를 돌아
종리마을 지나고, 번대마을을 지나
큰 느티나무가 있는
용솟말 삼거리 조그만 가게 앞에 멈췄다.
어머니는 나를 노름방 안으로 들이밀었다.

먹을 것이 풍부했고, 열기가 넘쳤다.
아버지는 나를 무릎에 앉혔다.
노름꾼들은 나에게 배와 사과를 깎아 주었다.

아버지와 나는
한참이 지난 뒤에야 노름방을 나왔다.
아버지는 나를 업고
앞서고
어머니는 말없이 뒤따라 걸었다.

# 노름 현장 둘

내가 초등학교 이 학년이던 어느 여름밤
밤이 깊었는데 아버지는 돌아오지 않는다.
동네 아저씨가 어머니에게 찾아와
아버지가 궁평마을 어느 상갓집에서 노름을 한단다.

어머니와 나는
호롱불을 들고, 산모퉁이를 돌아 궁평마을에 갔다.
어머니는 밖에 서 있고,
나는 아버지를 찾으러 상갓집 마당으로 성큼성큼 들어갔다.
깔린 멍석 위에서 사람들이 둘러앉아 노름을 하고 있었다.
새벽이 되어서야
아버지와 나는 노름판을 나왔다.

어머니는 지금도 가끔 아버지의 노름에 대해
말씀하신다.

애간장이 탔다. 먹먹했다. 가슴이 시커멓게 탔다.
죽으려고 고산다리 밑 자살바위에도 갔다.
자식들을 생각했다.
살아야 했다.
더 열심히 일하고 일했다.
기도하고 기도했다.

아버지가 돌아올 날을 애타게 기다렸다.
기적처럼 그날이 왔다.
신에게 감사드린다.

너희 아버지가 노름하면서 돈도 잃고, 논과 밭도 잃고,
밤나무 대추나무 감나무도 잃었다. 마침내 집도 잃었다.

너희 누나 중학교 학자금을 내려고 돼지를 팔았다.
그 귀한 돈을 너희 아버지는 노름판에서 순식간에 날렸다.
가슴이 찢어졌다.

노름판에서 돈을 빌려준 사람들이 집으로 돈 갚으라고 찾아왔다.
어머니는 담판을 했다.
호통을 쳤다.
경찰서로 가든지 집에 남아 있는 쌀을 퍼가든지.

지금도 가끔 고산장에 나가면
사람들이 묻곤 한다.
어떻게 그 고통을 견뎌냈냐고.
그러면 어머니는 한바탕 웃으며 대답한다.

그때 노름으로 논과 밭을 다 팔길 잘했어.
지금 아무것도 없어 한갓지고 좋아.

# 노름판때기를 엎어버리다

고산장 날.
아버지는 밤과 대추를 팔아 현금 이백만 원을 만들었다.
큰돈이다.

어머니는 아버지를 기다렸다.
밤이 깊었지만 아버지는 돌아오지 않았다.
불길하다.

아버지는 그 돈을 갖고 종리의 어느 노름방에 가 있단다.
어머니는 비장한 심정으로
산모퉁이를 돌아 노름방으로 향했다.
어머니는 성큼성큼 노름방에 쳐들어갔다.
화투판을 엎어 버렸다.

아버지는 체면을 구겼다고 어머니를 향해 욕설을 퍼부었다.
손찌검도 했다.
그리고 이백만 원을 공중에 뿌렸다.

어머니는 차분히 앉아 마당에 뿌려진 돈을 하나하나 다 주었다.
어머니는
자식들을 위한 돈을 지켰다는 안도의 한숨을 쉬고
혼자 집으로 돌아왔다.

# 분노하는 아버지

아버지는
주먹으로 벼랑박을 쳤다.
피가 나고 부어올랐다.

아버지는
주먹으로 방문을 쳤다.
창호지가 찢기고 창살이 부러졌다.

아버지는
밥상을 들어 던졌다.
동그란 밥상은
마루에서 토방을 날아 마당 한가운데 떨어졌다.

# 어머니의 저항

어머니는 자식들이 보는 앞에서는
절대 울지 않았다.
눈물을 삭혔거나,
아니면 집 밖에서 눈물을 흘렸을 것이다.

아버지에게는 격렬하게 저항했다.

못 이길 술을 적당하게 마셔라.
초롱초롱하고 착한 자식들을 생각해라.
노름 좀 그만해라.

어머니는
때론 말로
때론 노름판을 뒤엎으며 저항했다.

그리고 온종일 일했다.

아버지는 집을 나가겠다고 했다.
어머니는 바짓가랑이를 잡고 말렸다.

나는 당신과 끝까지 살아갈 겁니다.
비둘기 한 쌍이니까요.
당신은 나와 함께 애들을 잘 키워야 해요.

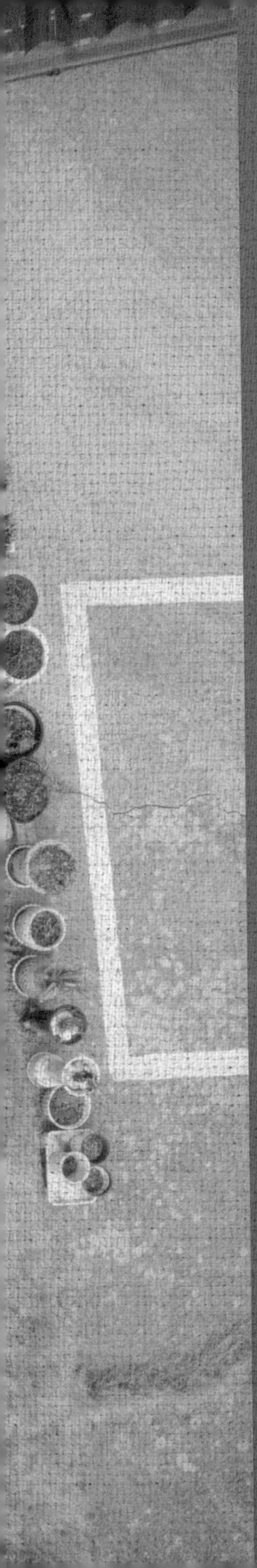

이야기 둘, 희망

# 나에겐 오 남매가 있다

큰딸 예쁘고 착하다.
큰아들 공부 잘하고 든든하다.

가난하다고,
아빠가 술과 노름으로 방황한다고
아이들의 기를 죽여서는 안 된다.

당당하고
즐겁게 살게 하자.

신이여! 도와주세요.

# 어머니는 현실을 선택했다

아버지가 어머니를
현실주의자로 만들었다.

아버지는
일하는 것보다 영화 보는 것을 좋아했다.
집안일보다는 바깥일에 더 관심이 많았다.
술로 세월을 보냈고
노름으로 살림을 거덜냈다.

아버지는
세상에 분노했다.
문을 부쉬고
벽을 부셨다.

아버지가 무엇을 하든
어머니는 오 남매를 키워야 했다.

오 남매가 어머니를
현실주의자로 만들었다.

배불리 먹이고 싶었다.
기죽지 않고 당당하게 살도록 하고 싶었다.
마음껏 공부하게 하고 싶었다.

어머니는 오직 자식만 생각했다.

아버지에게 저항했다.
아버지를 설득했다.

그리고

닥치는 대로 일했다.

오직 일만 했다.

# 자식을 위해 살자

어머니는 언제나 기도하신다.
삶 자체가 기도다.

힘들 때도 기도하고,
기쁠 때도 기도하신다.

조상님에게도 빌고
예수님에게도 빌고
부처님에게도 빈다.

정한수 떠 놓고 빌고
동산에 뜬 달을 바라보고 빈다.

별을 바라보고 빌고
안수산 불빛을 보고 빌고
교회 종소리를 들으며 빈다.

황토밭에서 일하며 빌고
스치는 바람에도 빈다.

산에서 빌고
강에서 빈다.

자식들을 건강하게 해 주소서.
자식들의 꿈을 이루어 주소서.

모든 것은 어머니의 기도로 창조된 것이다.
꿈이 싹트고 꿈이 이루어졌다.

기도하는 삶
어머니가 물려주신 유산이다.

# 새로 집을 짓다

아버지는 노름으로 재산을 탕진했다.
논 밭 나무 그리고 집.
그래도 냇가 건너에 있는 조그만 산 하나가 남았다.

어머니는 산에 희망을 심기로 했다.
산 아래 배시 감나무가 한 그루 있었다.
들판은 이어져 십 리 밖 안수산으로 이어졌다.
집 앞 개울가엔 새벽안개가 꿈틀거렸다.
가슴이 확 트였다.

어머니는
감나무 옆에 새 집을 짓기로 했다.
황토벽돌을 만들어 쌓아 나갔다.

외삼촌과 이모부가
집 짓는 것을 도왔다.
이웃집 웃방을 빌려 살았다.
이웃집 할머니는
올기쌀도 주고 앵두도 따 주었다.

황토벽돌과 나무로
초가집이 완성되었다.

아랫방 웃방

작은 마루도 만들고
작은 토방도 만들었다.
돌담에는 볏짚으로 용바람을 올렸다.
동쪽에 대문을 세웠다.

뒤꼍에는
장독대를 만들고
학돌을 설치했다.

어머니는
돼지막도 짓고
닭장과 외양간도 만들었다.

온종일
햇살이 가득하다.

바람은 시원하고
들판은 평화롭다.

# 산은 밭이 되고

어머니는
땅을 파고
나는
돌을 고른다.

흙은 밭이 되고
돌은 밭둑이 되었다.

가난은
새로운 삶의 요소일 뿐.

어머니는 말씀하셨다.

뭐라도 해야 한다.

불확실하고
앞이 깜깜해도

뭐라도 해야 한다.

그렇게
어머니와 아들은 밭을 만들었다.

고구마도 심고
밀도 심고
생강도 심고
고추도 심고

오십 년 뒤 오늘도

어머니는
황토밭을 오르내린다.

# 황토밭에서의 기도

동이 트고
어머니는
쇠스랑을 들고
뒷동산 황토밭으로 간다.

햇살이 퍼지고
영롱한 이슬은
고구마잎 끝에
대롱대롱 달려 있다.

어머니는
신발을 벗고
쇠스랑을 바로 세우고
고구마 앞에 선다.

땅의 신이여!
고구마는 우리 가족의 생존입니다.
고구마는 우리 가족의 희망입니다.

황토밭이 열리고
주렁주렁
고구마가 달려 나온다.

황토밭에 고구마가 가득하다.

땀은
황토밭에 스며들고
바람은
얼굴을 스친다.

자식들을 생각한다.

행복하다.

황토밭에
석양이 찾아온다.

# 부지런해야 내어 준다

어머니는
게으르고 빈둥대는 사람을 무척 싫어한다.

세상은 부지런하면 뭐든지 내어 준다.

힘들다고 신세만 한탄해서는 아무것도 이룰 수 없다.

나는 어머니가 늦잠 자는 것을 한 번도 본 적이 없다.

팔십 세가 넘은 지금도 어머니는 새벽에 일어나
뭔가를 하고 계신다.

# 오늘도 어머니는 호미를 든다

땅은
어머니의 무대이다.
어머니는
땅을 일구고 기도하며
위안을 얻고, 희망을 심었다.

산비탈을 개간하여 만든 작은 밭.
정직하고, 배반하지 않는 믿음의 밭이다.

고구마 생강 마늘 양파 들깨 참깨
콩 도라지 감자 토란 파 배추 무 상추 부추 고추 밀.

땀과 눈물이 흙 속에 스며든다.
땀범벅 얼굴에 바람이 스친다.

호미로 파놓은 밭이랑으로
독백이 흐른다.

바람아! 시원하다. 고맙다.
감자야! 무럭무럭 잘 자라다오.
신이여! 살펴 주소서.

오늘도
어머니는
허리를 꼬부린 채
호미를 들고
밭에 일하러 가신다.

# 절구

새로 지은 고향 집 테라스엔 절구가 놓여 있다.
내가 다섯 살 때 저쪽 건너에서 이쪽 건너로 이사 올 때
외삼촌이 지게에 지고 옮겨 온 것이다.

내가 절구를 선명하게 느낀 것은
어린 시절 어느 여름날이었다.

흙벽돌로 지은 집 뒤꼍에는 작은 마루가 있었다.
여름에는 시원한 뒤꼍 마루에서 놀았다.
산에서 불어오는 바람이 뒤꼍 마루를 통해
방을 지나 앞마루로 스친다.

뙤약볕 아래서 어머니는
절구에 밀가루를 넣고 절구질을 하셨다.
땀이 주루룩 흘러내렸다.
찢어진 하얀 메리야스에 땀이 베었다.

자식을 먹여 살려야 한다는 숙명
절구질은 힘찼다.

뜨끈뜨끈한 밀가루 빵이 삼베에 싸여 나왔다.

애들아! 빵 먹어라.

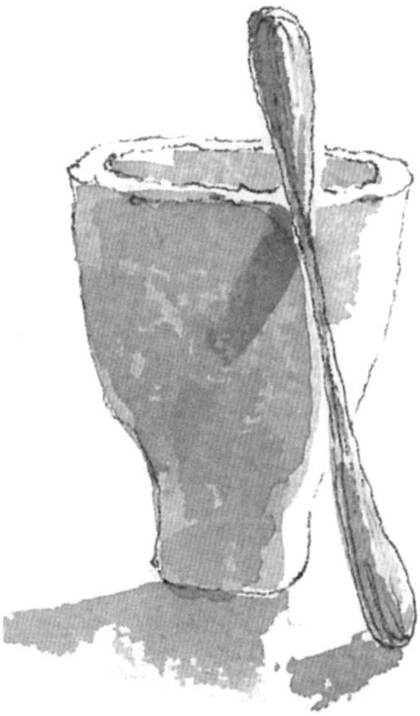

# 안대미로 달팽이를 잡고

땅을 파고 파도
땅만으로는 자식을 먹여 살리기 어려웠다.
달팽이를 잡아 팔았다.

자식을 생각하면
용기가 샘솟고, 두려움도 사라진다.
정성을 다해 신에게 기도했다.

자식들을 잘 키우고 싶습니다.
신이여! 도와주소서.

어머니는
안대미를 들고
달팽이를 잡으러 냇가에 갔다.

어머니는
달팽이를 잡는 어망을 안대미라고 불렀다.
앞쪽에는 세모형 그물이 있고,
뒤쪽에는 길쭉한 손잡이가 있다.

어느 여름날
어머니와 나는
고산다리 냇가로 갔다.

물이 깊다.

내가 다섯 살이던 어느 날
어머니가 나를 업고 갔던
자살바위 근처다.

지금도 귓가에 선명하게 들린단다.

엄마, 내가 키가 천장까지 크면
엄마 기쁘게 할 거야.

나는 어느덧
초등학생이 되었고,
어머니는 거침없이
안대미를 들고 물속으로 들어간다.
물이 가슴 높이 찰 때까지
안대미를 밀고 또 민다.

어머니의 손이 바쁘다.
허리를 펼 시간도 없다.
달팽이가 수도 없이 나온다.

신이여! 고맙습니다.

물속에서 나오면서
큰 소리로 나를 부른다.
젖은 옷에서는 물이 뚝뚝 떨어진다.

아들아! 이것 봐라.

안대미가 가득하다.
달팽이 사이로
민물 새우가 튀어나온다.
어머니는 큰 새우를 질넘게라고 불렀다.

나는 냇가에 작은 연못을 만들어
질넘게를 넣어 두고 놀았다.
어머니는 다시 안대미를 들고
깊은 물속으로 들어가셨다.

아침부터 시작된 물질은
석양이 질 무렵에야 끝났다.

나는 안대미 머리끝을 잡고
어머니는 세모 그물망을 잡고
논둑길을 따라 걸었다.

달팽이를 팔고
집에 도착하니
하늘엔 벌써 은하수 길이 펼쳐지고 있었다.

# 돼지

어머니는 돼지를 키웠다.
아버지는 그 돼지를 걸고 노름을 했다.
돼지를 날렸다.

어머니는 달팽이를 잡아 팔아
다시 돼지를 샀다.

새끼 돼지는 커서 어미 돼지가 되었다.
겨울에 어미 돼지가 새끼를 낳으면
어머니는 새끼 돼지를 방 안에서 키웠다.

큰 광주리에 새끼 돼지들이
옹기종기 모여 있는 모습이 귀엽다.
아침에 일어나면
새끼 돼지들이 내 품에 파고들었다.

어미 돼지는 새끼를 낳을 때
어머니를 믿고 의지했다.

어머니는 새끼 돼지를 키워
시장에 팔았다.
돼지는 돈이 되었다.

나는 학교에서 돌아오면
들로 나가 개구리를 잡았다.
잡은 개구리를
찌그러진 노란 냄비에 끓여 돼지에게 주었다.
돼지는 무럭무럭 자라 돈이 되었다.

어머니는 그 돈을 자식 교육비로 썼다.

# 왕겨를 버스에 싣고

어머니는
벼 껍질 왕겨와
보리 껍질 보리등겨로 돼지를 키웠다.

내가 초등학생 육 학년이던 어느 날
나는 어머니를 따라 봉동 외할아버지 집에 갔다.
외할아버지는 왕겨 두 가마니와 풀무를 주셨다.

봉동에서 화산행 시외버스를 탔는데
어머니가 아팠다. 두통이 심했다.
고산에서 내렸다.
그날은 오일장인 고산장이 열렸다.

약국에 들러 두통약을 샀다.
고산 버스터미널에서 버스를 기다렸다.
버스가 왔지만 탈 수가 없었다.
장날이라 승객이 많다.

화물칸도 꽉 차서 왕겨를 실을 수 없었다.

어머니는 결단을 내렸다.

너 먼저 타고 가라.
아버지가 걱정하신다. 돼지 저녁밥도 주거라.
나는 풀무를 들고 혼자 운주행 버스를 탔다.
삼기마을에서 내려
논둑길을 따라 집으로 향했다.
땅거미가 들판에 드리워졌다.

어머니가 걱정이다.

아버지와 나는
자전거를 끌고
종리 버스 정류장으로 마중을 나갔다.
버스가 올 때마다 뚫어지도록 쳐다보았다.

막차가 도착했다.
지친 어머니가 왕겨를 들고 내렸다.
어머니는 환하게 웃는다.

# 점장이와 스님의 말에도 위안을 찾다

사람들이 수근댔다.

학순이네는 자식들이 공부를 잘하지만
워낙 가난해서 대학교 졸업을 못 시킬 것이다.

어머니는
전주에서 점을 보았다.

점장이는 말했다.

시어머니가
하늘에서도 후손들을 위해 공을 들이고 있다.

지금 고생길이지만 자식들이 잘 풀릴 것이다.
큰딸은 40세를 넘기면서 부자가 될 것이다.

점장이의 말이 어머니에게 위안이 되었다.

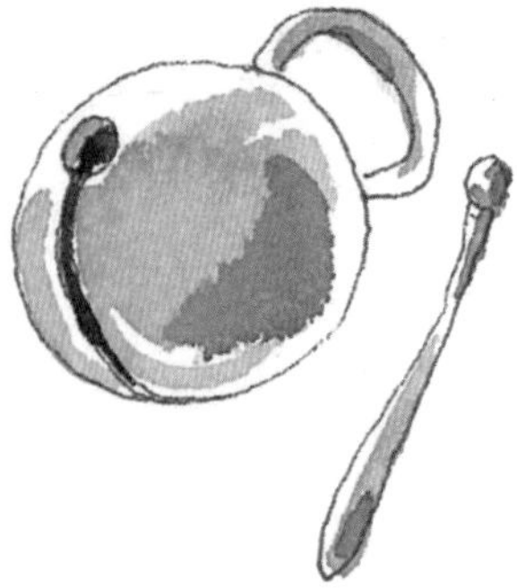

한번은 불볕더위 어느 여름날
지나가던 스님이 집에 들렀다.
어머니는 시원한 물을 대접했다.

스님이 말했다.
좋은 기운이 있다. 자식들이 잘될 것이다.

스님의 말이 어머니에게 위안이 되었다.

오 남매는 모두
대학교를 졸업했다.

내 자식이지만
오 남매가 대견하다.

# 당당하게 할 말은 하고

어머니는 당당하다.
가난해도 당당하다.

장터에서
동네에서
학교에서
모임에서

할 말은 한다.

가난하다고 위축되어서는 안 된다.
당당하게 살아야 한다.

# 짓누름

어머니에게
자식은 삶 그 자체다.

기도에도
산과 들과 강에도
장터에도
온통 자식이다.

분명
어린 시절 꿈이 있었을 텐데
언제부터인가
자식이 삶의 전부가 되었다.

난 어머니에게 자주 언성을 높였다.
짜증도 냈고, 화도 냈다.
그리고 뒤돌아 울었다.

복잡했다.

사랑 연민 반항 억압

짓누르는 어깨
무거운 발걸음
무중력 우주로의 탈출 몸부림

오십을 넘기고서야
자식이 삶이었던 어머니를
편안하게 받아들였다.

어머니는 지금도 말씀하신다.

건강해라.
그래야 나도 건강하다.

# 큰아들 불안증

내 나이 쉰일곱
어머니는 여든넷
어머니는 큰아들이 걱정이다.

나와 어머니는
저녁이 되면 매일
전화를 한다.

어느 날
어머니는 오후 네 시쯤
나에게 전화를 했다.

나는 몰랐다.
세 시부터 여섯 시까지 연속으로 강의를 했기 때문이다.
전화를 받지 않는 큰아들 걱정에
어머니의 불안감은 커져 갔다.

왜 전화를 받지 않을까.
무슨 일 있는 것 아닐까.

어머니는 사방팔방
오 남매와 손녀에게 전화를 했다.

국희 아빠가 전화가 안 된다.
무슨 일 있는 것 아닐까.

강의를 마치고
핸드폰을 켜니
여기저기 전화가 와 있다.

어머니 저 잘 있어요.
걱정 말아요.

마음이 시큼하고 아프다.

# 지난밤 꿈

내가 이천일 년 영국에 있을 때
구일일 테러가 발생했다.
테러 한 주 전에 어머니에게서 전화가 왔다.

높은 빌딩에 올라가지 마.
하늘에 광풍이 불어 너의 손을 꼭 잡고 있는 꿈을 꾸었다.

지금도 꿈을 꾸시면
내게 전화를 하신다.

어머니는
좋은 꿈이든 나쁜 꿈이든
꿈을 조상님들의 말씀으로 생각하신다.
돌아가신 조상님들이
항상 후손들을 생각하고 있다고 믿고 계신다.

어머니는 제사에 정성을 다하신다.
선영의 묘를 살펴보는 것도 소중하게 생각하신다.

어머니는
아버지가 술과 노름으로 방황할 때
직접 지관을 찾아가 상의하고
할아버지 할머니 합장묘를 만들었다.

어머니는 말씀하신다.

조상님은 돌아가셨어도 그곳에서 우리를 위해 기도하고 있다.

# 어머니의 전화

아침 일찍 어머니에게서 전화가 왔다.
밤새 비가 오고 바람이 불고 나뭇가지가 흔들렸단다.
태풍 콩레이가 일으킨 파문이다.

아들이 걱정돼서 전화하신 거다.

평생 자식 걱정에 긴장의 끈을 놓지 않고 세상을 살피시는 어머니.
밤새 혼자 주무시며 두려움과 걱정 많으셨을 어머니.

어머니의 걱정이 내 마음을 아프게 한다.
어머니의 외로움이 내 마음을 아프게 한다.

# 응어리가

켜켜이
켜켜이
켜켜이

쌓여 있다

오 남매의 가슴에
응어리가 생겼다.

가족이란 운명의 억압
삶의 주체가 되고 싶은 욕망
공정하지 못한 편견

사랑과 원망
큰아들 편향성

아직도
오 남매의 가슴에
응어리가 쌓여 있다.

# 성공한 오 남매가 대견하다

토요일 오후
어머니는
산모롱이를 바라본다.

서울에서
전주에서
고창에서
아들딸이 모두 모였다.

주차장에 차가 가득하다.

왁자지껄
한바탕 이야기보따리를
풀어 놓는다.

황토밭이
석양으로 물든다.

오 남매는
황토밭을 거닐며
석양을 바라본다.

자태가 곱다.
당당하다.

밤이 찾아온다.
불빛이 들어온다.

오 남매의 차가 불을 밝히며
줄지어 산모롱이를 돌아 나간다.

오 남매가 대견하다.

이야기 셋, 고투

# 태양초를 이고 남부시장을 누빈다

어머니는 직접 가꾸신 농산물을
고산장 삼례장 전주시장 군산시장에 내다 팔았다.
고산장은 걸어서 다녔고
삼례장 전주시장 군산시장은 버스로 다녔다.

양손에 들고 머리에 이고
리어카를 끌고 농산물을 장터로 날랐다.

길가에서 팔고
공판장에서 팔고
시장 가게를 돌아다니며 팔았다.

고추와 마늘은
돈이 되고 명태가 되고
자식들 학자금이 되었다.

# 내 마늘을 달라

어머니는 억척이다.

고추 푸대를 머리에 이고, 두 손에 들고
전주 시장 바닥을 거침없이 걷는다.

밤새 우린 배시감을
버스와 리어카에 싣고
전주 공판장으로 옮긴다.
감 궤짝을 번쩍 들어 올려 내린다.

가로 열 세로 열
백 개씩 감을 전시한다.
손은 빠르고 얼굴은 비장하다.

마늘을 거리에 쭉 깔아 놓고
낯선 사람들에게 말을 걸고, 흥정한다.

길거리에서 마늘을 팔다
공무원에 걸려 마늘을 빼앗긴 적도 있다.
어머니는 구청으로 달려가
쩌렁쩌렁 소리쳤다.

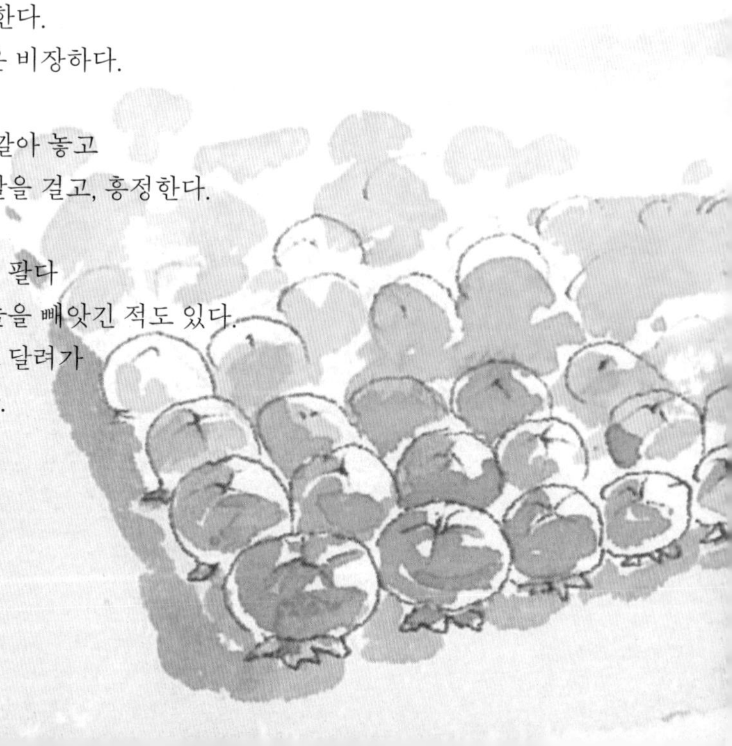

내 마늘을 달라.
마늘을 팔아야 자식을 키울 수 있다.

어머니는 마늘을 쟁취하여
다시 시장으로 돌아왔다.
밤이 되어서야 다 팔았다.

아버지는
어머니가 걱정되어
버스 정류장으로 나가 기다렸다.

어머니는 아버지를 보고
깜짝 놀라며
환하게 웃는다.

산모퉁이를 돌아
집으로 걸어오면서
어머니는 오늘 투쟁의 승리 이야기를
아버지에게 들려주신다.

# 우린 감을 팔고 생선 사고

배시감을 따 항아리에 넣고
끓는 물을 붓고
밤새 이불을 덮어
아랫목에 놓는다.

아버지는
우려낸 배시감을 궤짝에 담고
자전거에 싣는다.

어머니는
궤짝을 이을 수건과
돈을 담을 전대를 찾는다.

어머니 발걸음이 비장하다.

배시감을 다 팔아야 한다.
배시감을 팔아야 돈이 생긴다.
돈이 있어야 자식을 먹여 살릴 수 있다.

배시감을 다 팔기 전에는 집에 오지 않으리.

전주행 버스가 도착하자
아버지는 배시감 궤짝을 버스에 싣고
어머니와 나는 버스에 탔다.

전주 공판장.
어머니는 궤짝에서 배시감을 내어
백 개씩 줄을 맞춰 전시한다.
경매가 시작되고,
갑자기 어머니가 외친다.
노! 안 돼, 못 팔아.

우렁차고 결연하다.
어머니가 생각한 가격이 아니다.

어머니는
다시 궤짝에 배시감을 담고
군산행 버스를 탔다.
군산 공판장에서
배시감을 팔았다.
전주보다 약간 높은 가격에 팔았다.

어머니가 환하게 웃는다.
수산물 시장에서
명태를 샀다.

차창 밖으로
석양이 진다.

동네 어귀에
아버지가 서 있다.

늦었네.
고생했어.

배고프다.

어머니는
전대를 풀어
돈을 쏟아붓는다.

아버지는 돈을 세고
어머니는 명태찌개 끓이고
나는 불을 땐다.

# 전주 남부시장에서 태양초를 팔고

어느 가을날 어머니는
태양초를 버스에 싣고
전주 남부시장에 내렸다.

머리에 한 푸대
왼손에 한 푸대
오른손에 한 푸대

땅만 바라보고
마음의 눈으로 걷는다.

오 남매의
활짝 웃는 모습이 보인다.

오늘 이 고추를
다 팔아야 한다.

시장 사람들이 반긴다.
흥정이 시작되고
태양초는 돈이 된다.

다리가 아파 오고
목은 쉬고.
오늘 처음으로 하늘을 바라본다.

어느새
석양이 내려앉고
시장 골목엔
김이 모락모락 피어오른다.

순댓국 끓이는 사람들
곱창 손질하는 사람들
돼지머리 써는 사람들

배가 고프다.
참자.
집에 얼른 가자.

명태를 사서 들고
시장을 나와
화산행 버스에 올랐다.

사십 년 뒤
어머니와 아들과 손녀는
남문시장 피순대 골목을 찾았다.

손녀는
할머니를 부축하여
화장실에 가고
아들은 한상 푸짐하게 차렸다.

순대.
곱창.
머리 고기.

눈물이
주름진 협곡을 타고 흐른다.

그날처럼
오늘도
시장 골목에는
석양이 내려앉는다.

# 전대를 풀어
# 방바닥에 돈을 쏟는다

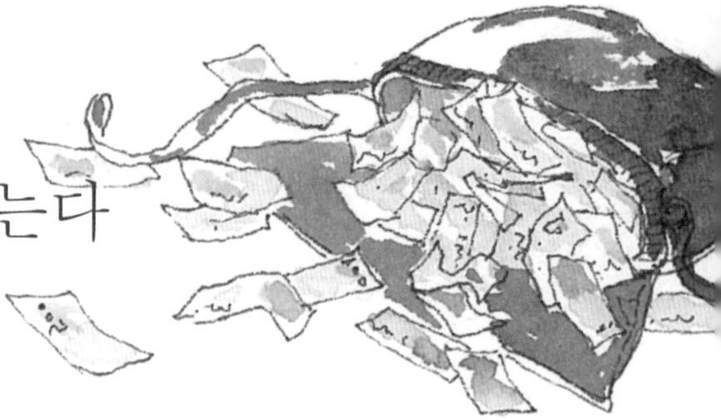

어머니는
전주 남부시장에서
고추를 팔았다.

집에서
아버지가 반긴다.

어머니는
허리에서 전대를 풀어
방바닥에 돈을 쏟는다.

아버지가 웃는다.

어머니는
시장에서 사온 동태를 꺼내
부엌으로 간다.

아버지는
다리미로
돈을 판판하게 편다.

언젠가 어머니는 말했다.

새벽부터 밤늦게까지
장터에서 보내고
집에 돌아와
방바닥에 돈을 확 쏟을 때
행복했다.

# 고산 버스터미널

내가 서울에서 대학교를 다닐 때
힘들 때마다 고향을 자주 찾았다.
견디는 힘을 얻기 위해서다.

경제적 곤궁
불확실한 미래
희망의 싹을
틔워야 하는 압박감

어깨가 무겁고
머리가 아프고
입술은 악다물고

견디기 힘들 때
고향에 갔다.

어머니 아버지와 함께
땅을 파다 보면
땀은 송골송골 맺히고
그 위로 바람이 스친다.

한번은 새벽 첫차로
고향 집에 갔다.
어머니가 보이질 않았다.

전화기가 없어
종이에 편지를 썼다.
그리움을 뒤로 하고
서울로 향하는 버스를 탔다.

고산 버스터미널에 버스가 섰다.

누군가 창문을
두드리며
외친다.

어머니다.

전주 장터에서 고추를 팔고
집으로 오는 길이었다.

어머니가 손을 흔드신다.
잠시 어디론가 달려가시더니
버스에 오르신다.

활짝 웃으시며
음료수 삼강사와를 건네주셨다.

어머니는
내가 보이지 않을 때까지
손을 흔드신다.

수천만 근의 무게가
짓눌러도
아랑곳없이
일하고 또 일하시는 어머니.

내 어깨의 무게는
아무것도 아니다.

삼강사와 빨대를 꽉 깨무니
눈물이 주룩 흐른다.

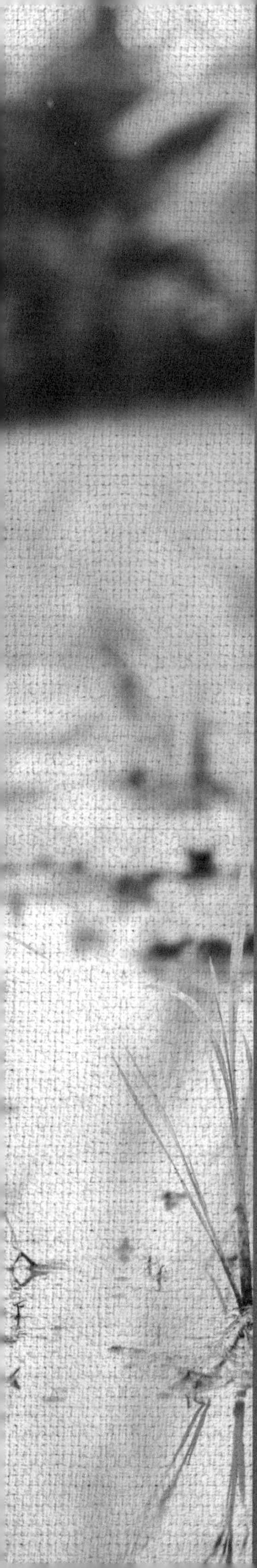

이야기 넷, 위기

# 논에서 쓰러졌다

논에서 피를 흘리며 쓰러졌다.
전북대학교 병원에 장기간 입원했다.

막내딸 예쁜 현애가 간호했다.

남편은 통곡했다.
매일 찾아와 울고 갔다.

그래도 병원 생활은 행복했다.

# 어머니가 쓰러졌다

천구백팔십이 년
어머니가
논에서 모를 심다가
하혈을 하며 쓰러졌다.

비바람이 거세고
한파가 몰아쳐도
건장했던 어머니.

새벽부터
저녁까지 일하고
밤새 또 일해도

어김없이
새벽이면 일어나
일터로 향했던 어머니.

천구백팔십이 년
어머니가 쓰러졌다.

내가
서울대학교에 들어간 그해
어머니는 병원에 입원을 했다.

어머니는
아들 공부에 방해가 될까 봐
아픈 것을 숨겼다.

서울에 살고 있던 나는
꿈에서 어머니가 아프다는 것을 알았다.
개울가에 큰 잉어가 뱃살을 위로 하고
숨을 가쁘게 쉬며 둥둥 떠내려갔다.

황토밭으로 갔다.
생강이 꿋꿋하다.

동네 사람들이 호미를 들고
밭으로 모여든다.
동네 아저씨는 소꼴을 한 짐 가지고 와서
우리 소에게 준다.
동네 형님은 냇가에서 메기를 잡아서
잘 먹고 힘내라고 주신다.
동네 할머니들은
음식을 해서 가져오신다.

오 남매는
황토밭에서 신나게 일했다.
땡끼벌에 쏘여도 아픈 줄 몰랐다.

어머니는
병원에서 퇴원하셨다.

황토밭이 어머니를 반긴다.
새로운 힘이 솟아오른다.
어머니가 눈물과 기도로 심어 놓은
희망의 씨앗이 싹을 틔운다.

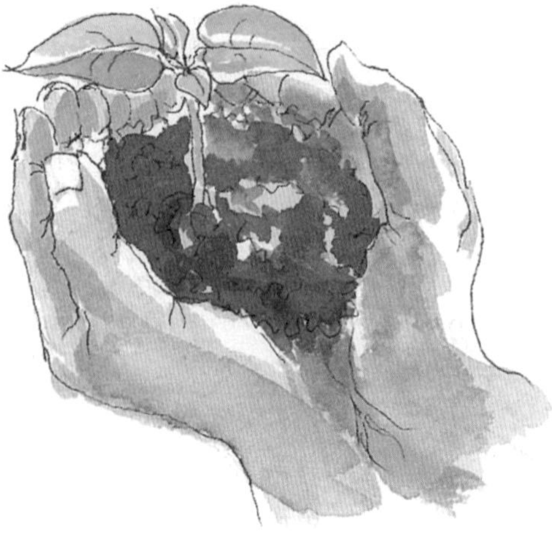

# 아버지의 통곡

어머니가 쓰러져 병원에 입원했다.

아버지는 매일 울었다.
도박과 술의 지난날을 반성하며 울었다.
매일 반성문을 시로 쓰며 울었다.

어느 날.
어머니는 여전히 병원에 있고
아버지와 나는 전주에서 막차를 탔다.
삼기초등학교 앞에 내려 집까지 걸었다.

칠흑의 밤.
앞은 보이지 않고 비는 억수로 내렸다.
아버지와 나는 그 비를 온몸으로 맞았다.

어느 날.
어머니는 여전히 병원에 있고
아버지와 나는 저녁 무렵
고산 대포집에서 국밥에 소주를 마셨다.

아버지는 또 통곡했다.

# 어머니 입원에도 오 남매는 즐거웠다

어머니가 쓰러져
전북대학교 병원에 장기간 입원했다.

대학교 방학 내내
고향에 내려와 동생들과 함께 일했다.

조르르
생강밭에 몰려가 풀을 맺다.
장난도 하고 게임도 하고
노래도 불렀다.

빨래를 한 다래 들고 냇가로 갔다.
여동생들이 비누를 칠하고
나는 비벼 더러운 것들을 빼냈다.
남동생과 함께 물기를 쭉 짜고 여동생에게 건넨다.
빨래를 들고 노래하며 집으로 왔다.

어머니 입원실에도
조르르 몰려갔다.
어머니가 환하게 반긴다.

소에게 여물 주려고
허청에서 볏짚을 꺼내다가
벌집을 건드렸다.
아팠지만 동생들이 보고 있어 참았다.

새 학기가 시작되어 서울로 가야 했다.
동생들과 작별하고
병원에서 어머니와 작별했다.
어머니는 아픈 몸을 이끌고
대학병원 정문까지 나와 손을 흔들었다.

서울행 고속버스를 탔다.
눈을 감아도
눈을 떠도
눈물이 흘렀다.

# 생일상을
# 앞에 두고
# 아버지는

# 울음을 터트렸다

아버지 생일이 돌아왔다.
어머니는 여전히 병원에 있다.

여동생 미선이와 현애는
아버지 생일상을 차렸다.

미역국도 끓이고
계란도 부치고
깻잎을 튀겼다.

생일상을 마주한 아버지.

큰 소리로
울음을 터트렸다.

# 아버지의 귀환

아버지는
마흔이 되면서 갑작스럽게 새로운 사람이 되었다.
망상에서 깨어난 듯
새로운 남편 새로운 아버지가 되었다.

그동안 버린 세월을 채우려는 듯
일하고 또 일했다.
술과 노름의 중독에서 벗어났다.

기적이 일어난 것이다.

이 책을 쓰면서 어머니와 오 남매가 모여
아버지의 갑작스런 귀환에 대해 대화를 나눴다.

눈에 넣어도 아프지 않은 딸에게
전혀 도움이 되지 못하는 아버지로서의 자괴감.
어린 딸까지 가족을 살리려고 팔을 걷어붙이는데
방탕의 삶을 살아가는 자신에 대한 부끄러움.

구김살 없이 당당하게 자라는 자식들.

아버지의 귀환, 그리고 기적.
모두 어머니의 기도와 믿음에서 비롯된 것이다.

# 경희야!
# 미안하고 고맙다

가난한 농부의 큰딸 운명

어머니는 누나에게 미안하다.
어머니가 져야 할 운명을 떠맡겨서 미안하다.
경희야! 미안해.

어머니는 누나가 고맙다.
큰딸로서의 운명을 받아 줘서 고맙다.
경희야! 고마워.

어머니는 누나가 자랑스럽다.
당당하게 자기 삶을 개척해 나가니 자랑스럽다.
경희야! 자랑스러워.

# 경희 누나!
# 고마워요

눈이 부실만큼
예쁘고 착한 경희 누나.

내가 고등학교를 다닐 때
누나는 삼 년 동안 군산에서 동산촌을 오가며
내 뒷바라지를 했다.

기차를 타고 왔다.
매주 왔다.
빵도 사 오고, 우유도 사 왔다.

학순아! 힘내라.

기차역까지 누나를 배웅하고 하숙집으로 걸어오면서
기차가 보이지 않을 때까지 손을 흔들었다.

경희 누나! 고마워요.

# 어머니의 가슴애피

어머니는
가슴애피로 잠을 이루지 못한다.

나는 마늘 빻을 때 쓰는 학돌을
고추 건조장 연탄불 위에 올려놓는다.

학돌이 달아오르면
수건에 돌돌 말아
어머니 가슴 위에 올려놓는다.

# 산모퉁이

추석 하루 전날
아침 일찍부터
부산하다.

어머니는
추석 제사상에 올릴
적을 부치시고,
아버지는
대추를 따신다.

나와 동생들은
방 청소
마당 청소
집 앞길 청소로 바쁘다.

산모퉁이를 바라본다.
기다리고 또 기다린다.

예쁜 누나가 오는 날이다.

산모퉁이를 바라본다.

사람들이 오가고
마침내 누나가 보인다.

우리는 달려간다.
누나 손에 들려 있던
꾸러미를 낚아챈다.
깔깔대며
집으로 행진한다.

양말 과자 과일 생선
선물이 쏟아진다.
내일 추석날엔
누나가 사온 새 양말을 신을 것이다.

누나가 있어
추석의 기다림을 알았다.

누나가 있어
우리 집에도 추석날 오는 사람이 있다는
자부심이 생겼다.

누나가 있어
새로운 세상으로 열린 문을 알았다.

어머니는
누나를 말없이 꼭 안아 주신다.

# 기적이 일어났다

아버지가 일하기 시작했다.

고추를 사서 말려 팔았다.
감나무를 사서 감을 따고 깎아 곶감을 만들어 팔았다.
밤나무를 사서 밤송이를 발라 밤을 팔았다.
대추나무를 사서 대추를 말려 팔았다.

어머니는 말씀하셨다.

술과 노름으로 폐허가 된 세상에서 돌아와
다시 활력을 찾고 일하는 아버지가 고맙다.
언젠가 돌아올 것을 믿고 기다렸다.

어머니는 동동주를 직접 만들었다.
집으로 동네 사람들과 아버지 친구들을 초대해
술을 대접했다.

# 숨 탁탁 막히는 고추 건조장

아버지는
부엌 옆에 황토로 조그만 건조장을 만들었다.

가운데 연탄 화로를 놓고,
양쪽에 고추를 초벌 건조할 여러 칸을 만들었다.

한번 들어갔다 나오면
숨이 막히고 땀범벅이다.

아버지는 하루에도 수십 번
연탄가스 가득한 뜨거운 건조장을 드나들었다.

어머니는 사발에 시원한 물을 떠서
아버지에게 건넸다.

오 남매는 아버지를 도왔다.

줄지어 선다.
숨을 깊게 들이마시고
후다닥 건조장에 들어가 양손으로 고추 판을 들고 나온다.
숨을 토해 낸다.

깔깔깔 웃는다.

어머니도 따라 웃는다.

# 밤새 감을 깎고

동네 사람들이 하나둘
아랫방 웃방으로 모인다.

아버지는
낮에 따 온 감들을
방 한가운데 수북이 쌓아 놓는다.

아버지는 감장수를 했다.
봄에 감나무를 사고 키워서
가을에 수확해서
곶감을 만들어 판다.

노란 속살이 드러나면서
감의 향기가 방 안에 가득하다.
감 껍질이 차곡차곡 쌓인다.

어머니도 자리를 잡고
칼을 든다.
감이 스스로 칼을 돌며
껍질을 벗겨낸다.
감 하나에 껍질 하나다.

밤이 깊어가고
낮부터 일한 터라 피곤이 몰려온다.

어머니는 자리에서 일어나
밖으로 나간다.
가마솥에 물을 끓이고
국수를 넣는다.
그 위에 라면을 투하한다.

어머니는
라면국수와 김치를 내온다.

동네 사람들은
감 껍질을 한 묶음 들고 일어선다.

먼동이 트고
어머니와 아버지는
곶감을 주렁주렁 매단다.

언젠가 어머니는 말했다.

돈 한 푼 받지 않고,
밤새 감을 깎아 준 동네 사람들이 고맙다.

# 밤송이에 찔려도 좋다

아버지 마음이 급하다.
아버지로 비롯한 가난의 굴레를 벗고 싶다.

봄에 밤나무를 사서
가을에 밤을 턴다.

아버지는 밤나무에 올라
밤송이를 내려친다.

어머니와 나는
밤송이를 찾아 모은다.

밤송이가
어머니 머리와 어깨 위로 떨어진다.

아프다.

아버지의 땀방울이
밤잎에 떨어져 굴러간다.

행복하다.

# 대추를 향해
# 부리나케 달린다

아버지는
봄에 대추나무를 사서
가을에 대추를 딴다.

노란색
빨간색
초록색
대추 색깔이 아름답다.

길가에 죽 널어
말린다.
바람이 스치고 지나간다.

햇살을 받아
대추가 빨갛게 익어간다.

빗방울이 하나둘 떨어지면
아버지
어머니
오 남매는 부리나케 달린다.

대추가 비를 맞으면
팔 수 없다.

얼른 대추를 덮고
햇살을 기다린다.

이야기 다섯, 그리움

# 너희 아버지가 그립다

한때 술과 도박으로 방황했지만,
다시 돌아와 좋은 아버지가 되어 준
너희 아버지가 고맙다.

들쥐 하나 잡지 못하지만
순수하고 낭만을 아는 너희 아버지가 좋다.
공부하고 붓글씨 쓰는 너희 아버지가 좋다.

많이 놀아 주지 못해 미안할 뿐이다.

너희 아버지를 통해 세상의 이치를 알았다.
지금도 문제가 있으면
돌아가신 너희 아버지를 생각하며 푼다.

# 그래도 너희 아버지를 존경한다

나는 너희 아버지를 만나
사람 사는 것이 무엇인지를 배웠다.
너희 아버지를 존경한다.

어머니께 여쭈었다.
어머니와 오 남매에게 지독한 가난과 고통을 안겨 준 아버지를
왜 존경하냐고.

어머니는 대답했다.

비록 너희 아버지가 잠시 방황은 했지만, 다시 돌아와 죽는 날까지 열심히 사셨다. 무엇보다 배움이 없는 나에게 세상을 살아가는 이치를 깨우쳐 주었다. 너희 아버지가 글을 읽고 붓글씨 쓰고 있는 모습을 보면 그 자체로 행복했다. 가난했지만, 물질적 유혹에 빠지지 않고 청렴했으며, 동네에 무슨 일이 있으면 앞서 해결하려고 노력했다. 낭만을 좇는 순수한 사람이다. 무엇보다 아버지는 너희들을 엄청 사랑하셨다. 난 지금도 무슨 일이 있으면, 돌아가신 너희 아버지와 상의한단다. 항상 고맙게 생각하고 있다.

# 일만 하는 어머니 놀이하는 아버지

어머니는 일만 한다.
농사
장사
음식 만들기
돼지 소 닭 키우기

아버지는 노는 것을 좋아한다.
하모니카 연주
붓글씨 쓰기
한문 공부하기
소설책 읽기
노래
장기 두기
영화 보기
고기 잡기
풀피리 만들기
연 만들기
친구들과 놀기
썰매 만들기

아버지는
시냇가의 버드나무로 버들피리를 만들어 주었다.

아버지는
석양이 오면,
애들아, 석양이다! 하고 외쳤다.

어머니는 자식들과 놀아 주는 아버지가 좋다.

# 울고 있는 대추 방방이

아버지 별명은
울보다.

혼자서도 울고
자식들과 울고
친구들과 운다.

그리워서 울고
뉘우치며 울고
감동해서 운다.

또 다른 아버지 별명은
대추 방방이다.

단단하고
야무지고
당당하다.

# 벼루에 먹을 간다

어머니는 문자를 배운 적이 없다.
남동생들 어깨너머로 배운 것이 전부란다.
그래서 문자와 그 문자에 담긴 세상을 동경했다.

어머니가 결혼했을 때 아버지는 학생이었다.
어머니는 일하고 아버지는 공부하고.
공부하는 아버지가 좋았다.

어느 해 입춘
어머니는 아버지 곁에 자리를 잡는다.

아버지는 한지를 마루에 펼쳐 놓고,
붓통에서 붓을 꺼낸다.

어머니는 벼루에 물을 넣고 먹을 간다.

아버지는 붓을 들어
벼루의 먹물에 담근다.

立春大吉 입춘대길
建陽多慶 건양다경

아버지가 환하게 웃자
어머니도 따라 웃는다.

# 切磋琢磨

끊을　切절
갈　　磋차
다듬을 琢탁
갈　　磨마

돌을 갈고 다듬어 빛이 나게 하라.
詩經시경에 나오는 警句경구다.

이천오 년 이 월. 나는 대학교수가 되었다.
아버지 어머니와 함께
내 연구실에 왔다.

아버지는 손수 쓰시고 만든
切磋琢磨절차탁마 액자를
책상 위에 걸어 주었다.

나는 매일 아침
연구실에 올 때마다
절차탁마를 바라본다.

흔들리고
상처받고
좌절할 때마다

용기를
불러일으키고
해결의
실마리를 준다.

방황하는 학생이
내 연구실을 찾으면
절차탁마를 보여준다.

이천십팔 년 십이 월 이십사 일
고향에 홀로 계신
어머니를 모시고 연구실에 왔다.

십삼 년 전 앉았던 그 자리에
어머니와 함께 앉았다.
돌아가신
아버지에 대한 그리움이 사무친다.

어머니는 눈시울을 적시신다.

눈 내리는 아침.
오늘도
절차탁마를 바라본다.

# 시아버님은 웃기만 하신다

할아버지는
어머니의 시아버님이다.

할아버지는 젖동냥을 하며 아버지를 키우셨다.
할머니가 아버지를 낳고 일찍 돌아가셨기 때문이다.
그리고 어머니를 며느리로 맞았다.

며느리인 어머니는 힘 있고 똑똑하고 공손했다.
할아버지는 농사일 하시다가도
며느리가 일하는 모습을 보고 웃고 또 웃으셨단다.

홀태로 나락을 훑어도 웃고,
학교에서 돌아온 아버지와 큰 볏가마니를 들어
높이 쌓는 것을 보고도 웃고.

할아버지는 웃느라 일을 못 했다.
할아버지는 언제나 며느리를 존중해 주었다.

농사일을 마치고 집에 갈 때면

뭐 밥 새로 할 것 없다. 그냥 밥에다 마늘 찍어 먹자.

어머니는 기억하신다.

너희 할아버지는 며느리를 존중할 줄 아는 참 멋진 분이셨다.

# 누룽지 두 장을 만들어 놓고

오늘은 전주 남문시장 가는 날.

아버지는 고추 푸대를 자전거에 싣는다.

어머니는 부엌으로 가서,
얼른 누룽지 두 장을 만든다.

아버지를 위한 간식거리다.

아버지는 종일 왔다 갔다 하시며
누룽지를 조금씩 드신다.
어머니 없는 하루를 버티신다.

전주시장에 간다고
고추가 바로 팔리지는 않는다.
고추가 언제 다 팔릴지 모른다.

어머니 없는 하루는
아버지에게는 너무 길다.

석양이 지고, 땅거미가 내리면
더욱 어머니를 기다리신다.

기다림의 집착을 잊게 하는 것
바로 누룽지다.

어머니의 지혜가 엿보인다.

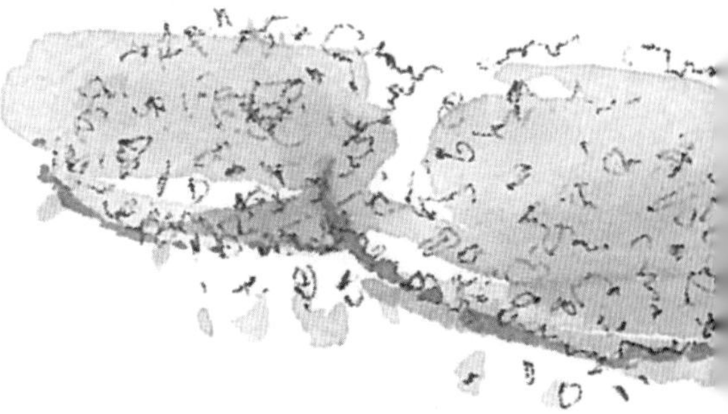

# 병풍

어머니는 추석과 설 차례를 지낼 때면 언제나
아버지가 만든 병풍을 펼쳐 놓는다.

아버지는 서울 방화동에 사실 때,
한문학원에 자주 가셨다.
한문학원장은 아버지를 위해 서예실을 마련해 주었다.
아버지는 한문학원에서 서예도 하고,
학원에 온 학생들에게 한문과 서예를 가르쳐 주었다.

아버지는 집에서 매일 서예를 하셨다.
붓글씨 종이 다발이 쌓여 갔다.
붓글씨 종이가 벽에 주렁주렁 걸렸다.
서울 생활의 적적함과 지루함을 서예로 달랬다.

어머니는 아버지의 서예 활동을 적극 지원했다.
어머니는 아버지가 한문학원에 가는 것을 좋아했다.

어느 날 아버지는 나와 동생을 동네 표구사로 데리고 갔다.
표구사 사장님이 반가워하며 따뜻한 차를 주셨다.
표구사 사장님이 병풍을 펼쳤다.
아버지가 글을 써서 표구사에 맡긴 것이었다.
한쪽에는 한문 다른 한쪽에는 한글로 채워져 있었다.

병풍을 들어 차에 실었다.
집에 들어서니 어머니가 환하게 반겼다.

병풍에서
아버지는 말했다.

자식에게 시와 글을 가르치는 것이 참된 사랑이다.
나무를 심으면 꽃도 보고, 열매를 얻는다.
자식을 가르쳐서 책을 쌓고, 후손에 전수해라.
절실히 배움을 구하라.
마음가짐은 밤중에 우렛소리를 듣는 것 같이 하라.
사람과 다투지 않으니 항상 즐겁고
정사에 사사로운 욕심이 없으면, 한가로이 잠을 잘 때도 좋은 꿈을 꾼다.
부자가 교만하지 아니하면 부가 다함이 없고,
귀한 이가 천한 사람을 능멸하지 않으면 그 귀함이 무궁하다.

동쪽 길에 복사꽃 만발할 때
벗과 함께 옛날이야기 나누니 고향 생각이 간절하다.

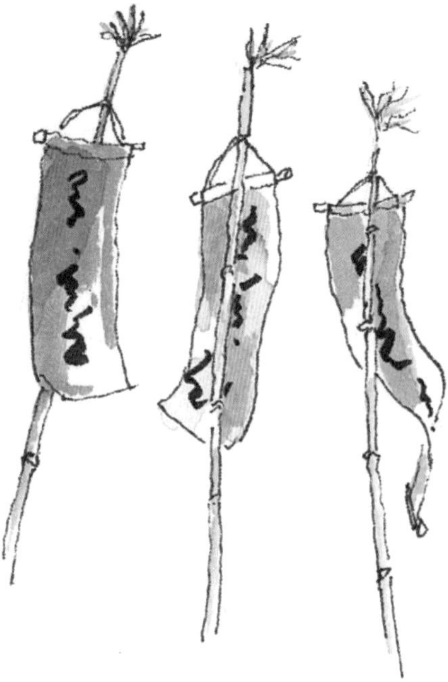

# 풀을 쑤어 아버지 봇짐에 넣는다

이웃 동네에 부고가 났다.

아버지는 옷을 갈아입고 봇짐을 싼다.
어머니는 나설 채비하는 아버지에게 풀을 쑤어 건넨다.
붓도 챙기고 밀가루도 챙긴다.
만장에 글을 쓸 때 풀이 필요하기 때문이다.

어머니는
농사를 짓다가도
동네에 일이 있으면 내 일처럼 달려가는 아버지가 좋다.

# 아버지 몰래 생강밭의 잡초를 뽑고

어머니는
아버지가 일을 많이 하는 것을 원하지 않는다.
어머니는
아버지에게 농사일을 독촉하지 않는다.

어머니는
아버지가 일을 할 때보다 붓글씨를 쓰고 있을 때 더 좋다.

어머니는 억척스럽게 일을 하신다.
행여 아버지 힘들까 봐
먼저 생강밭에 나가 잡초를 다 뽑는다.

아버지는
농사일을 즐겨하진 않는다.
그래도 어머니가 억척스럽게 일하니 거든다.

서울 생활 할 때도
어머니는 억척스럽게 일하신다.
아버지는 어떻게 어머니를 일로부터 탈출시킬 것인가를 고민했다.

아버지는 어머니 탈출 계획을 완성하지 못하고
돌아가셨다.

어머니는
탈출 계획을 구상하는 아버지가 고맙고 귀여웠다.

언젠가 어머니는 말씀하셨다.

너희 아버지랑 같이 많이 놀지 못한 점이 미안하다.

# 소양 벚꽃놀이

봄빛이 완연하고
산천은 온통 꽃이다.

어머니는 새벽부터
밭에서 일한다.
그 옆에서 아버지가 일을 거든다.

갑자기
아버지가 벚꽃놀이 가자고 조른다.
어머니는 큰맘 먹고 아버지를 따라나섰다.

버스를 타고 걷고
소양면 송광사 입구에 이르렀다.
양쪽 길가에 벚꽃이 활짝 피어 있다.

봄바람에
하얀 벚꽃잎이 휘날린다.

저만치 앞서 걷는
아버지는 뒤를 돌아보며 웃는다.

길고 길었던 아버지의 방황
지독한 가난

아련하다.

혹시 남아 있을지 모를
아버지에 대한 원망과 분노를
벚꽃잎에 실어 날려 보낸다.

아버지는 국수를 사왔다.
어머니는 벚나무 그늘에 앉아
국수를 먹었다.

고마워요!

# 아버지는 쥐 한 마리도 죽이지 못한다

어머니는
아버지가 겁이 많다고 생각했다.

서울에서 공부하는 큰아들이 내려와서
닭을 삶아 주고 싶다.
아버지는 닭을 잡지 못한다.
결국 어머니가 닭을 잡아 털을 뽑았다.

시골집 천장에는 쥐가 살았다.
어느 틈으로 웃방 고구마 통가리에 쥐가 들어왔다.
어머니와 나는 빗자루와 방망이를 들고 쥐를 쫓는다.
아버지는 저만큼 떨어져 구경만 한다.

# 엄마 쥐의 모성 본능

어머니는 아버지와 함께 밭으로 갔다.
밭둑 구멍에서 큰 쥐 한 마리가 나왔다.
어머니는 아버지에게 쥐를 잡으라고 했다.
아버지는 거절했다.

일을 마치고 내려오는데
엄마 쥐가 아기 쥐들을 데리고 이사를 하고 있다.

하마터면 아기 쥐들을 고아로 만들 뻔했구나.
어머니는 아버지를 새로 보기 시작했다.

# 산에서 만난 뱀에게 길을 내주다

아버지가
밭 옆 산길을 가다가
독사를 만났다.

독사가 산속으로 들어갈 때까지
기다렸다.
어머니가 왜 잡지 않았느냐고 물었다.
아버지는 대답했다.

혹시라도 오 남매에게 해가 될지 몰라서.

# 뒤꼍 창고에
# 새가 집을 지었다

뒤꼍 창고에
새가 집을 짓고 알을 낳았다.

아버지는
매일 창고에 들러 새집을 조용히 바라본다.

새끼 새가 알을 깨고 나왔다.

아버지는
매일 창고에 들러 새끼 새를 조용히 바라본다.

어느 날
새끼 새가 하늘로 힘차게 날아오른다.

아버지는
새를 향해 손을 흔든다.

# 눈물 젖은 두만강
# 으로 시작해서
# 불효자는 웁니다
# 로 끝난다

아버지가
거나하게 술을 드셨다.

대문을 박차고
들어온다.
그리고
회한에 잠긴다.

일찍 돌아가신 어머니에 대한 그리움
술과 노름으로 허송한 청춘의 세월
가난과의 처절한 전쟁

목청껏 노래를 부르기 시작한다.

눈물 젖은 두만강
황성옛터
백마강

항상 끝 노래는

불효자는 웁니다.

# 징을 치며 신명나게 춤을 춘다

추석날
꽹과리
장구
징
그리고 동네 사람들

집집을 돌며
좋은 기운을 북돋우고
나쁜 기운을 없앤다.
동네 사람들과의 응어리도 풀어 날린다.

태영이 아저씨가 꽹과리를 치며 선두에 서고
용섭이 아저씨가 장구를 치며 그 뒤를 따른다.
아버지는 징을 치며 그 뒤를 따른다.

징이 굵고 길게
파장을 만들며 울린다.

아버지는
세상을 모두 잊고
오직 징에 몸을 맡긴 채
신명나게 춤을 춘다.

# 농부의 일기

아버지 유품을 정리하다
일기장을 발견했다. 깜작 놀랐다.
한두 권이 아니라 열 권도 넘는다.

한문과 한글이 섞여 있고
아버지의 생활 언어가 많아
손자들이 이해하기 쉽지 않다.
그래서 요즘 틈나는 대로 번역하고 있다.

자식 걱정
농사
장사
날씨
돈

농부의 일기다.

종일 마늘씨를 까다
힘들어하는 마음도 담겨 있다.

전주로 장사 나간 어머니를
기다리며 걱정하는 마음도 담겨 있다.

자식들이 왔다가 서울로 돌아간 날
더 그리움이 커지는 마음도 담겨 있다.

서울에서 큰아들 가족과 함께 살 때
자식에 대한 서운한 마음도 담겨 있다.

마지막 한 권은 췌장암 투병 생활에 대한 기록이다.
죽음에 대한 생각도 기록되어 있고,
재산에 관한 기록도 있고,
자식들에게 당부하는 유언도 기록되어 있다.

마지막으로 어머니를 부탁했다.

아버지는 어머니를 거산(큰 산)이라고 썼다.

# 안식구는 어머니 같은 존재

아버지는 일기에서 어머니를 안식구라고 썼다.

이천이 년 십이 월 사 일
안식구는 어머니 같은 존재였다. 지금도 여전히 의지하고 산다.

이천삼 년 이 월 십구 일
안식구는 정말 피곤하고 힘겨운 시간을 보낸다. 무엇인가를 도와주어야 한다. 한편 측은하기도 하다.

이천오 년 삼 월 칠 일
오늘도 종일 아이들 뒷바라지로 전쟁이다. 울고불고 하는 아이들과 전쟁이 계속되는 나날들. 안식구가 처량하다.

아버지 일기 속 어머니는
매일 일하고 또 일하고,
쉬고 있는 일상은 하나도 없다.

아버지는 좀 쉬고 싶은데
어머니는 쉼 없이 일하고 또 일한다.

농산물을 들고
고산 전주 시장을 누비고,
돌아와 다시 일터로 간다.

아버지는 어머니를
피곤의 삶에서 탈출시켜 주고 싶었다.

아버지는 어머니에게
미안하고 고마움을 표현하고 싶었다.

오늘도 분주한 하루가 간다.
피곤하겠다. 안식구에게 미안하다.
해야 할 일이 너무 많다.

아버지에게 어머니는
동료이고 상담자이고 어머니였다.

# 아버지의 새로운 구애

어느 날
아버지 유품을 정리하다
우연히 아버지 그림을 보았다.

계미년 이천삼 년
回春 梅花 滿開 회춘 매화 만개
禽鳥 雌雄 求愛 금조 자웅 구애

계미년 이천삼 년
새 봄이 돌아오고
매화꽃이 활짝 피었구나.
아름다운 암컷과 수컷 한 쌍이 사랑을 구하며 논다.

아버지가 돌아가시기 전
서울에서 살면서
잠시 고향 집에 들렀다.

어머니는 아버지를 위해
달팽이를 잡으러 나가고
아버지는 그림을 그렸다.

큰 매화나무가 큰 대지에 우뚝 서 있고
암컷이 자리를 잡고 있다.

癸未回春 梅花春開
禽鳥雌雄求愛

매화꽃이 활짝 폈다.

수컷은
큰 매화나무를 지키는 암컷에게 사랑을 고백한다.

암컷 새의 깃이 한층 더 힘차게 올라갔다.
어머니는 말씀하신다.

언젠가 너의 아버지가 말씀하셨다.
고맙다고.

# 거산

아버지는 췌장암에 걸려
일 년 동안 투병 생활을 하시다
돌아가셨다.

그 사이 유서를 쓰셨다.

너희 어머니는 거산이다.
큰 산이야.

어머니를 부탁한다.

이야기 여섯, 행복

# 힘들어도 즐거웠다

자식들과 재미있게 살았다.

친구가 되어 온 자연이 고맙다.

은하수
보름달
산
강
논
밭
나무
생강
개
돼지
소

위안을 준 동네 사람들이 고맙다.

손자 손녀들을 생각하면
새로 힘이 솟는다.

# 밤하늘을 수놓은 은하수

아직 이른 밤인데도
유난히 우리 집 밤하늘엔
별이 가득하다.

마당에 멍석이 깔리고,
모깃불 연기가 깔린다.

어머니는
밀가루를 반죽하고
아버지는 화덕에 불을 지핀다.

우리는 반죽을
방망이로 동그랗게 편다.
깔깔 웃고,
노래 부르고,
왁자지껄.

어머니는
솥에 달팽이를 넣는다.
국물이 파랗게 끓고
구수한 냄새가 멍석에 깔린다.

달팽이를 건져 내고
둥그렇게 펴진 칼국수 면발을 넣는다.

어머니 옷이 땀으로 젖는다.

푸른
달팽이 칼국수 위로
은하수가 반짝인다.
멍석에 누워
옹기종기
도란도란.

밤은 깊어 가고
은하수 별빛이 초롱초롱
멍석 위로 쏟아진다.

어머니도
고단한 하루를 별빛에 흩뿌리며
새로운 희망을 품는다.

힘들고 지치고
내 몸이 부서져도
자식들을 생각하며
내일도 힘차게 일어나련다.

# 어머니가 손을 흔들고

아버지와 나는
이른 아침
냇가 건너 아랫마을 논으로 일하러 간다.

석양이 뉘엿뉘엿
아침에 묶어 놓았던 우리 집 소는
여전히 풀을 뜯고 있다.

아버지와 나는
일을 마치고
갱변으로 간다.

냇물에 발을 담그고
손을 씻고
얼굴을 닦는다.

고단함을 흘려보낸다.

물 위로 피라미가 뛰어오르고
냇물은 석양빛에 붉게 물든다.

하얀 자갈밭에 앉아
아버지는 길게 담배 연기를 뿜어낸다.

나는 우리 집을 바라본다.

하늘이 산과 맞닿고
푸른 소나무 위로 석양이 내린다.

비둘기는
우리 집 대나무 숲으로 자러 온다.

나지막이
물 흐르는 소리가 들려온다.

집 굴뚝에서 연기가 피어오르고,
밤나무 사이로
어머니가 손을 흔드신다.
소가 앞서고
나
그리고
아버지가 뒤따라 걷는다.

# 자식 생각하며
# 밭에서 일할 때

어머니가
황토밭에서 고구마를 캔다.

송골송골 땀이 돋는다.

냇가를 건너고, 들판을 지나
숲으로 바람이 불어온다.

시원하다.
근심 걱정이 사라진다.

어머니는 말씀하신다.

자식들 생각하며
황토밭에서 일할 때 가장 행복하다.

# 생강에게 말을 건넨다

가을이 깊어가고
생강은 무럭무럭 자란다.

어머니는
이른 아침 생강밭에 가신다.

잘 잤냐?
춥지는 않았느냐?
오늘은 날씨가 좋구나.

이슬방울이
아침 햇살을 머금고
생강 줄기를 타고 흐른다.

어머니가 환하게 웃는다.

# 능글이재를 바라본다

고산 오일장은
사 일 구 일이다.

어머니는 능글이재를 넘어
십 리를 걸어 고산장에 간다.

감을 따서 깎아 말린 곶감도 팔러 가고
태양초도 팔러 가고
산에서 채취해 말린 고사리도 팔러 가고
마늘도 팔러 간다.

고산장에 가야 돈이 생긴다.

누가 십 원 한 장 주지 않는다.
그냥 하늘에서 돈이 떨어지지 않는다.
부지런히 일해서 생긴 돈만이 진정한 돈이다.

어머니는
머리에 이고, 양손에 들고
능글이재를 넘어 고산장에 간다.

우리 오 남매는 아침엔 공부하고
오후엔 방과 마당, 그리고 집 앞을 청소한다.
힘든 어머니에 대한 우리 나름대로의 예의다.

석양이 드리우면
능글이재를 바라보며 어머니를 기다린다.
고산중학교 앞 빵집에서
국화빵을 사오실 것으로 믿으며,
기다리고 또 기다린다.

능글이재에 어머니가 나타나고
우리는 달려 나간다.
종이봉투가 국화빵으로 축축하다.
깔깔대며
힘차게 집으로 행진한다.

# 고산장에서
# 연극을 처음 보았다

내가 사는 상와마을은 산촌이다.
차가 다니는 큰길에서 내려
산모퉁이를 돌아 한참을 걸어가야 만날 수 있다.
현대 문명이 들어오기에도 쉽지 않은 곳이다.
내 집에 텔레비전이 들어온 것은
중학교 때이다.

내가 처음 영화를 본 것은
기억의 파편마저 희미한 아주 어린 시절이다.
어느 여름밤, 가양마을 갱변에 천막이 드리워지고
아버지 무릎에 앉아 영화를 처음 봤다.

개울이 흐르고, 징검다리가 있고,
하얀 옷을 입은 사람들이 건너가는 장면을 기억한다.
그리고 영화를 보고 난 사람들이
까만 논두렁을 따라 흩어져 사라지는 장면을 기억한다.

연극 무대를 처음 본 것은
고산장이다.

이른 아침
어머니와 함께 집을 나섰다.

나는 닭을 들고
어머니는 고추 푸대를 머리에 이었다.

능글이재를 넘어
십 리를 걸어 고산장에 도착했다.

닭을 팔고
고추를 팔고
돈을 만들고

그 돈으로 작은 갈치를 샀다.

그러다 장터 구석에 쳐진
천막으로 들어갔다.

약장수인지 공연단인지
기억이 가물가물하지만

선명한 것은
무대가 있었고
사람들이 칼을 들고 싸우고 있었다.

고산장은
세상을 마주하는 무대가 되었다.

# 매실 사세요

황토밭 매실나무에
싱싱한 매실이 주렁주렁 달렸다.

어머니는
농촌 생활을 정리하고
서울 생활을 시작하면서
황토밭에 매실나무를 심었다.

어머니는
가족과 친지들에게
매실을 나눠 주었다.

어머니는
남은 매실을 망에 담아
서울 방화역 부근으로 갔다.
가로수 아래
자리를 잡고는
매실을 펼쳐 놓았다.

손녀 손자가 외쳤다.

매실 사세요.
우리 할머니가
시골에서 농사지은 것이에요.

금새
매실이 팔렸다.

어머니도 대단하고
손녀 손자도 대단하다.

밤에
온 가족이 모여
영웅담을 풀어놓으며
한바탕 웃었다.

# 자녀 교육법

자녀 교육의 비법이 무엇인가?

어머니는 종종 이런 질문을 받는다.
매번 당황스럽다.
비법을 생각하며 자식들을 키운 적이 없기 때문이다.

어머니에게 자식은 삶 그 자체이다.
자식들을 생각하며
강하고 부지런히 살아온 것.
비결이라면 비결이다.

나는 자식들을 굶기지 않고, 건강하게 키우려고 했다.
나는 자식들이 당당하고 강인하게 살아가길 기도했다.
내가 직접 가르칠 수는 없다. 학교가 고맙다.

어머니는
내가 밥상에 책을 펼치면,
항상 웃으며 바라보셨다.

어머니는
이야기하는 것을 좋아하신다.

밭에서 일할 때든
냇가에서 달팽이를 잡을 때든
장터에 갈 때든
언제나 이야기를 들려주셨다.

옛날이야기도 들려주시고,
사람들과 나눈 이야기도 들려주신다.
농사일 이야기도 들려주시고
장터에서 생긴 이야기도 들려주신다.

어머니는
아버지와 자식들이 대화하는 것을 흐뭇해하셨다.
밤을 새워 가며
도란도란 얘기한 적도 많다.
사회문제를 가지고 밤새 논쟁한 적도 있다.

어머니는
자식들을 믿었다.
자식들의 생각을 존중했다.

# 자전거를 한 손으로 들어 올리고

어머니는
마당에서 아버지와 아들이
자전거 들어 올리기 놀이하는 것을 좋아했다.

아버지는
키는 약간 작았지만 강한 근육을 갖고 있었다.
태권도와 평행봉 운동으로 다져진 것이다.

아버지는
마당 한가운데에서
자전거를 한 손으로 높이 들어 올린다.

가족 모두가 깔깔 웃고, 박수를 친다.

어느 날 나도
자전거를 한 손으로 높이 들어 올렸다.

어머니가 환하게 웃었다.

# 고구마 통가리

어머니는
황토밭에 고구마를 심었다.

고구마를 캤다.
주렁주렁 달려 나온다.

어머니는
웃방에 고구마 통가리를 만들었다.

든든하다.

겨울 내내
고구마를 실컷 먹을 수 있다.

아침엔
가마솥 고구마밥을 해서 먹는다.

점심엔
고구마를 쪄서 김치랑 먹는다.

저녁엔
소죽 끓이는 아궁이에 구워서 먹는다.

추운 겨울밤엔
고구마를 깎아 먹는다.

# 밤나무의 위로

고향 집 대문 앞에
밤나무 한 그루가 우뚝 솟아 있다.

할아버지는
산비탈에 밤나무 다섯 그루를 심었다.
네 그루는 사라지고
오직 한 그루만 남았다.

어머니는
그 밤나무 옆에
새 집을 지었다.

시원한 바람이
밤나무 잎새를 타고 와 눈물을 닦아 준다.

까치는
밤나무에 둥지를 틀고 미래의 소식을 들려준다.

꽃이 피고
밤송이가 주렁주렁 달린다.
빨강 알밤이 아침 햇살에 반짝인다.

동네 어르신들은
밤나무 그늘 아래로 모여든다.
어머니는 고구마를 한 솥 쪄서 내온다.

오 남매 승용차가
산모롱이를 돌아 나가고
어머니는
밤나무에 기대 안수산을 바라본다.

시아버님! 고마워요.

# 손녀 손자의 응원

할머니! 내 자랑 해요.
할머니는 자랑할 자격이 충분해요.

어머니는
자식이 자랑이다.

나는
어머니가 나를 자랑삼아
이야기하는 것을 수줍어했다.

손녀 손자들이
나보다
할머니에 대한 이해가 깊다.

# 화산중학교 고마워요

아버지가 돌아가시고
어느 날
고향 집 마루에서
옛날이야기를 나누었다.

어머니가 말씀하셨다.

화산중학교가 고맙다.
너희 오 남매를 키운 곳이다.
내가 배우지 못해 항상 걱정했는데
화산중학교가 있어 든든했다.
화산중학교가 항상 고맙다.

어머니는
오 남매와
손주들의 손을 잡고
화산중학교를 찾아갔다.

흙으로 채워졌던
운동장엔
푸른 잔디가 싱싱하다.
손주들은 뛰고 드러눕고
까르르 웃는다.

운동회 날
줄 맞춰 서 있던
누나의 모습이 보인다.

운동장 입구 한편엔
눈비 맞으며 언덕을 달려온
내 자전거가 보인다.

한 손엔 핸들
한 손엔 영어사전
바람이 불어오고
꿈이 숨을 쉰다.

거무튀튀한 복도를 지나
교실로 들어섰다.
책상이 단정하게 놓여 있다.

어머니는
하얀 분필로 수학 문제를 풀고
자리로 돌아오는
아들을 흐뭇하게 바라본다.

가난은 짓누르고
미래는 보이지 않는다.

배움이 희망이다.
배움이 치유다.

배움으로 꿈을 키워 준
화산중학교가 고맙다.

어머니 눈이 촉촉하다.

어머니는
장학금 천만 원을 냈다.

교장 선생님! 고맙습니다.

운동장 잔디 위로
석양이 내려앉고

반달 모양으로
둘러앉아
가족사진을 찍었다.

어머니는
오늘 이야기를
하늘나라에 계신
아버지께 들려주셨다.

# 팔려간 해피의 귀환과 이별

내가 중학생이었을 때
어머니는 검은색 띠를 두른 강아지 세퍼드를 사주셨다.
나는 해피라고 불렀다.

나는 해피와 함께
뒷동산과 들판을 뛰어다니며 놀았다.
눈이 오면 무조건 해피와 뛰쳐나갔다.

어머니도 해피를 무척 예뻐했다.

어느 날 학교에서 돌아와 보니
해피가 사라졌다.
고산장에 갔다가 돌아오신 어머니께서 말씀하셨다.

해피 팔았다. 목장을 하는 사람이 사갔다.

가난한 농부에게
해피는 경제적 자본일 수밖에 없었다.

해피를 팔아야 했던 어머니 마음을 이해하면서도
해피가 그리워 끙끙 앓았다.

사흘 후, 저녁을 먹고 있는데
해피의 우렁찬 목소리가 들렸다.
한걸음에 나가 보니 토방에 해피가 서 있었다.
해피가 목장을 탈출하여 먼 길을 달려
집으로 귀환한 것이다.

해피를 껴안고 울었다.
어머니도 울고 가족 모두 울었다.

그다음 날 목장 주인이 트럭을 몰고 왔다.
그리고 해피를 데려갔다.
목장 주인은 해피를 목양견으로 잘 키우겠다고 약속했다.

귀환한 해피를 돌려보내야만 했던 잔인한 이별.

어머니는 현재 덕구라는 이름의 개 두 마리를 키우고 있다.
아침이면 가장 먼저 덕구와 인사를 나눈다.

덕구야! 잘 잤냐?

# 밤나무 아래에서
# 부침개를 부치고

한여름
동네 사람들이 더위를 피해
모종으로 찾아온다.

남자들은 모종 위에 앉아 놀고
여자들은 모종 옆 밤나무 그늘 아래 앉아 논다.

우리 집이 바로 그 위에 있다.

어머니는
부추 파 김치를 밀가루와 반죽해서
밤나무 그늘로 가져온다.
솥단지 뚜껑이 달아오르면
기름에 밀가루 반죽을 부어
부침개를 만든다.

동네 사람들은
모종에서
밤나무 그늘에서
부침개를 먹으며 한여름 더위를 잊는다.

# 냇가에서 삼 껍질을 벗기며 논다

동네에 삼밭이 있었다.
삼 껍질을 벗기는 날은 동네 축제다.

아버지는 아침 일찍
마을 사람들과 삼을 찌러 나갔다.

냇가 옆에 큰 아궁이를 만들고
그 위로 삼 다발을 올린다.
장작이 타고 물이 끓으면
훈김이 삼에 배어든다.

나는 어머니와 함께
아침을 먹고
냇가로 간다.

동네 사람들이 다 모여 있다.

마을 청년들이 삼 다발을 꺼내
냇가로 던진다.

동네 사람들이 우르르 냇가로 뛰어든다.
냇가는 사람들로 가득 찼다.

삼 껍질이 잘 벗겨진다.

삼 껍질을 주인에게 돌려주고
껍질이 벗겨진 하얀 저릅대기 몇 개를 주워든다.

나는 저릅대기에 대나무 화살촉을 달아
사냥놀이 할 때 사용했다.

나는 저릅대기에 거미줄을 묻혀
잠자리를 잡았다.

# 안수산

어머니는
자식들이 집에 왔다 가면
대문 앞 의자에 앉아
안수산을 한참 바라본다.

자식들이 탄 차가
안수산 앞 고산다리 길을
달릴 것이기 때문이다.

안수산은
집에서 십 리의 대지 끝에 우뚝 솟아 있다.
고산에 있다.

때론 붓처럼
때론 운해를 항해하는 배처럼
때론 기상이 넘치는 닭 벼슬처럼
그 모습이 다채롭다.

어머니는
하루의 고단함을
저 멀리 새어 나오는
안수산 불빛에 풀었다.

어머니는
안수산 앞 냇가에서
달팽이를 잡았다.
거침없이 깊은 곳까지 들어갔다.

어머니는
들판에 허리를 숙여
안수산에서 불어오는 바람에
땀을 닦았다.

오늘은 우두커니
대문에 앉아
안수산을 바라본다.

안수산이 고맙다.

이야기 일곱. 치유

# 서울에서 다시 고향으로 내려왔다

어머니는
평생 살던 상와마을을 떠나 서울로 왔다.
큰아들을 위해서다.

서울 생활은
재미있고, 힘들었다.

아버지는 췌장암으로 돌아가셨다.

어머니는 서울을 떠나
다시 황토밭이 있는 고향으로 귀환했다.

상처를 회복하고
오늘도 산비탈을 오르내린다.

# 고향을 떠나 서울로 왔다

이천이 년 어느 여름날 토요일 오후
낮잠을 자고 일어났다.
허무가 밀려왔다.
갑자기 어머니 아버지가 보고 싶어졌다.
그리고 엉엉 울었다.

평생 나를 위해 헌신하시는
어머니 아버지를 위해
나는 지금 무엇을 하고 있는가?

나는 왜 어머니 아버지를 모실 수 없는가?
꼭 서울에 내 집이 있어야 모실 수 있는 것인가?
꼭 내가 부자여야 모실 수 있는 것인가?
모시고 싶은 내 마음이 없는 것인가?
그냥 있는 그대로 함께 사는 방법은 없을까?

갑자기 마음이 조급해졌다.

아직 집도 없고, 돈도 많지 않지만
삼대가 함께 살아 보자.
살다 보면, 지지고 볶고, 아웅다웅하겠지만
그래도 그 자체로 의미 있지 않을까?

나는 아내와 함께
그날 바로 고향 집으로 갔다.
아내도 내 뜻에 흔쾌히 동의했다.

어머니 아버지!
함께 살아요.

평생 삶의 터전인 고향을
갑자기 떠난다는 것이 쉽지 않았으리라.

두 달 뒤
어머니 아버지는 고향을 떠났다.
정든 사람들과의 이별을 눈물을 함께 쏟으며 받아들였다.

어머니는 아파트 살림에 몰두하시고
아버지는 손자 손녀에 몰두하셨다.
나는 직장 일에 충실하고
아내는 약국 일에 충실했다.

함께 사니
좋았다. 든든했다.

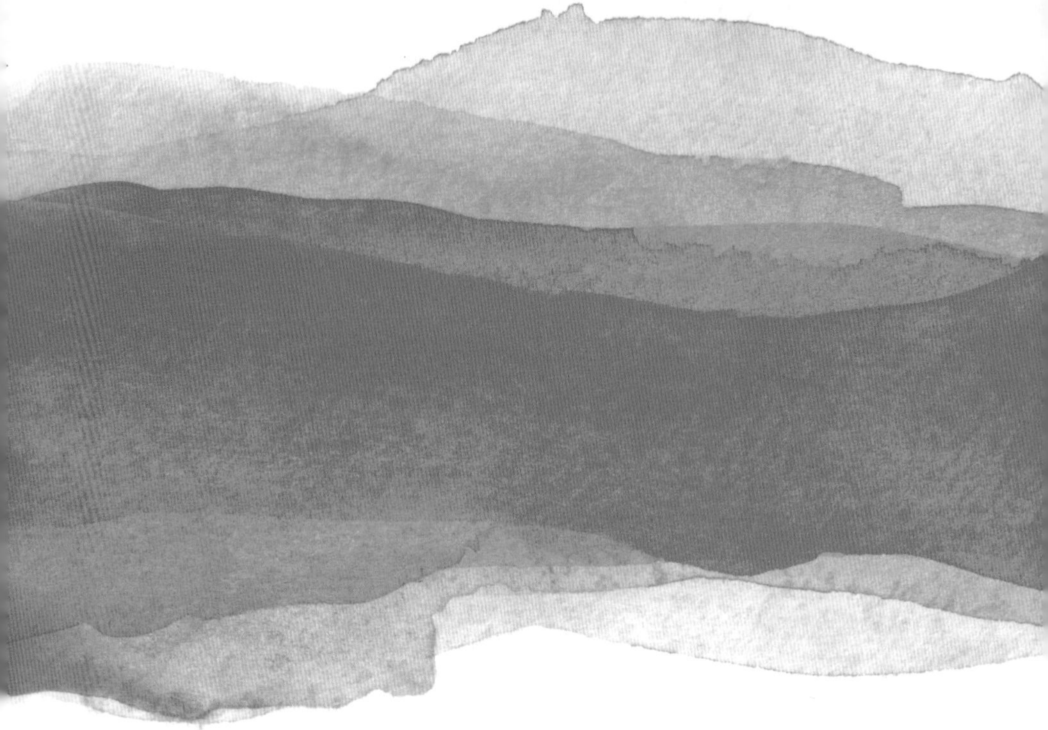

시간이 한참 흐르고 나서야
내 생각이 얼마나 무모하고, 감성적이었는지를 깨달았다.

이기적이었다.
무식했다.

아버지, 어머니가 서울이란 낯선 곳에서
어떻게 삶의 의미를 찾고,
행복한 삶을 일구어 갈 것인가에 대한 계획을 세우지 못했다.
그냥 함께 살면 충분할 것이라고 안일하게 생각했다.

아버지 어머니는 지쳐 갔다.
어머니는 온종일 일하셨다.
아버지는 그런 어머니를 걱정했다.

아버지는 췌장암 진단을 받았다.
가족 모두 아버지 암 투병에 힘을 모았다.
아버지는 일 년 뒤 돌아가셨다.

어머니 마음의 상처가 깊어갔다.

고향으로 다시 내려가고 싶다.

어머니는 상처를 안은 채
다시 고향으로 떠났다.

# 아버지가 췌장암에 걸렸다

아버지가 췌장암에 걸렸다.
처음엔 폐렴이었는데
정밀검사 해보니 췌장암이다.

받아들이기 어려웠다.

모든 것을 내려놓고
아버지 어머니 오 남매 가족 모두
제주도 여행을 갔다.
해변을 함께 걷고
숲속을 함께 걸었다.

아버지가 말씀하셨다.

언제 죽어도 여한이 없다.
너희 어머니에게 미안하고 고맙다.
잘 커준 너희들에게 고맙다.

서울 아산병원에서 췌장암 수술을 했다.
주님께 기도했다.
아버지와 이야기할 시간을 주세요.
삶과 죽음에 대해 이야기할 수 있는 시간을 주세요.

굵고 뜨거운 눈물이 흘렀다.

어머니가 장기간 병원에 입원했을 때처럼
우리 가족 모두 힘들지만 즐거운 마음으로
아버지 투병 생활을 함께했다.

일을 마치고 집에 오면
아버지와 함께 죽음에 대해 이야기 나눴다.
아버지는 매일 일기를 쓰며 죽음을 준비했다.

어머니는
아버지가 맑고 좋은 마음으로 살다 돌아가길 바랐다.
어머니는 서둘러 동네에 있는 혜현교회를 찾아갔다.
주님을 영접하고 세례를 받았다.
아버지를 주님의 세계로 인도했다.
아버지는 병상에서 세례를 받았다.

아버지는 목사님이 기도해 주는 것을 좋아했다.
병상에 있을 때는 어머니와 함께 기도했다.

아버지는
수술 받은 후 일 년이 지난 봄날에 돌아가셨다.

마지막 한 달은
병원에서 어머니와 함께 보냈다.

# 아버지는
# 고향 친구들과
# 마지막 식사를
# 즐겼다

아버지는
봄날이 한창이던 오 월에 돌아가셨다.
췌장암 투병 생활 열두 달 되던 때였다.

돌아가시기 두 달 전쯤
고향 친구들과 마지막 식사를 즐겼다.

췌장암이 악화되어 가던 어느 날
아버지는 고향 친구들이 보고 싶다고 하셨다.
나는 곧바로 아버지 고향 친구분들에게 전화를 드렸다.

고향 친구분들은 한 치의 망설임 없이
관광버스를 불러 타고 오셨다.
친구분들은 손수 가꾸신 농산물을 가지고 오셨다.

나는 아버지 친구분들을
집 근처 메이필드 호텔 음식점으로 모셨다.
동생은 아버지 어머니를 모시고 왔다.
아버지는 온몸에 의료 기기를 달고 오셨다.

아버지는 친구들과
반갑게 웃으며 악수하고 식사를 함께했다.

지난날들의 일들을 회상하기도 하고,
현재의 건강 상태에 대해서도 이야기를 나누었다.
아버지는 오랜만에 환하게 웃으셨다.

헤어져야 할 시간이 되었다.
호텔 앞뜰에서 단체 사진을 찍었다.

한 분 한 분 아버지와 포옹하면서
마지막 작별의 의식을 행했다.

아버지도 울고
어머니도 울고
친구분들도 울었다.

모두 울었다.
떠나가는 버스를 향해 손을 흔드시며
외쳤다.

친구들아 고마워.

아버지는 말씀하셨다.

친구들이 고맙구나.
친구들이 있어 삶이 즐거웠다.

두 달이 지나고
아버지는 돌아가셨다.

# 탈출의 꿈

아버지는 일기를 쓰셨다.

농촌에서는 농부의 일기를 쓰셨고,
도시에서는 고독하고 방황하는 도시인의 일기를 쓰셨다.

아버지가 돌아가시고 나서야
아버지 일기장이 있다는 것을 알았다.

새로운 아버지가 그 속에 있었다.
전혀 눈치조차 채지 못한 아버지의 진솔한 고백.

그땐 왜 몰랐을까? 죄송하고 한탄스럽다.
아버지는 돌아가셨지만,
지금 이 순간에도 내 마음속에 살아 계신다.

아버지에게 하루하루는 탈출을 위한 투쟁이었다.

농촌 일기에는
매일매일 끝없이 일해야 하는 농부의 굴레를
벗어 버리고 싶은 강한 욕망이 담겨 있다.

도시 일기에는
매일매일 끝없이 반복되는
도시의 지루함과 고독을 벗어 버리고 싶은 강한 욕망이 담겨 있다.

고요하고,
평화가 있는 삶으로의 탈출을 꿈꾸셨다.

혼자가 아닌
어머니와 함께하는 탈출을 계획하셨다.

아버지의 모든 일기에는 어머니의 하루가 고스란히 담겨 있다.
아버지는 어머니를 안식구라고 쓰셨다.
어머니의 하루는
매일매일 쉬지 않고 일하는 모습이다.

마늘 고추 머우대 곶감 고추 양파 밤 고구마 고사리 감 파
논과 밭, 산과 냇가

안식구는 피곤한 하루를 보냈다.

아버지가 돌아가신 뒤
어머니에게 아버지 일기를 읽어 드렸다.

어머니는 말씀하셨다.

너희 아버지는 투병 생활 하면서 진지하게 말씀하셨다.
내 병이 나아지면, 나와 함께 고창으로 가서 조용하게 살자고.
고향인 완주로 가기보단 낯선 새로운 땅 고창으로 가고 싶다고 했다.
그 꿈을 이루지 못하고 돌아가셨다.

# 치유의 땅

어머니는
서울 생활
십 년을 뒤로하고
황토밭이 있는 시골집으로 내려왔다.

몸도 지치고
마음도 지치고.

평생 믿고 함께했던
아버지도 세상을 떠나고.

아들과 며느리는 자기 일에 바쁘고
손자 손녀의 세상을 이해하기 어렵고.

칠십 대 중반을 지나가며
어머니로서의 정체성에 혼란이 생겼다.

우울증이 왔다.
선택이 필요했다.
어머니는 서울을 떠났다.

어머니는
십 년 전의 일상으로 돌아오셨다.

매일 황토밭을 오르내리며
생강들과 얘기하고
도라지꽃과 얘기한다.

아침 햇살과 저녁노을을 바라보고
새소리, 바람 소리, 비 오는 소리를 듣는다.

저 멀리 안수산의 불빛은
어김없이 밤이 왔음을 알려 준다.
밤하늘의 달과 별은
마당에 멍석을 깔고 깔깔대던
옛 시절의 그리움을 들려준다.

전화기로 들려오는
어머니의 목소리에
힘이 있다.

오늘도 어머니는
황토밭을 오르내리며
일한다.

이야기 여덟, 장인

# 손놀림이
# 예사롭지
# 않다

손재주가 좋다.
눈썰미가 좋다.
뭘 하든 빠르다.

어머니는
일하고 돌아와 금세 뚝딱 음식을 만든다.

밤새 곶감을 깎아 감덕에 매단다.
삼베옷을 만들고,
헝겊을 오려 붙여 새 옷을 만든다.

동동주도 만들고 부스개도 만든다.

# 자갈로 부스개를 튀긴다

어머니는
명절이나 집안 행사가 있는 날에는
삼 일 밤낮 부스개를 만든다.
내가 결혼할 때도
어머니는
하객들에게 부스개를 대접했다.

찹쌀 막걸리 콩가루 달걀 기름 자갈 물엿 설탕 오미자 치자
준비할 재료가 많다.

찹쌀을 담그고 막걸리를 붓는다.
콩을 담그고 건져 빻아 가루를 만든다.
찹쌀과 콩가루를 섞어 빻고
물과 설탕과 달걀을 넣어 반죽을 만든다.
절구질하고 밀가루를 바른다.

오미자를 넣어 빨간 부스개 반죽을 만든다.
치자를 넣어 노란 부스개 반죽을 만든다.

반죽을 펴서
손바닥 반절 크기로 자른다.

뜨끈뜨끈한
방바닥 아랫목에
쫙 펼쳐 놓는다.
밤새 마르면서 숙성된다.

어머니는
솥에다 자갈을 기름에 볶는다.
어제 개울가에서 주워 와
씻고 말린 자갈이다.
기름을 절약하기 위해
자갈을 이용한다.

어머니는 아침부터
기름 묻은 자갈에 부스개를 튀긴다.

부스스
부풀어 오른다.

물엿과 설탕을 끓여
부스개에 바른다.

햇살이 부스개에
부딪치고
영롱하게 빛난다.

고소하다.
바삭하다.

하얀색
빨간색
노란색.

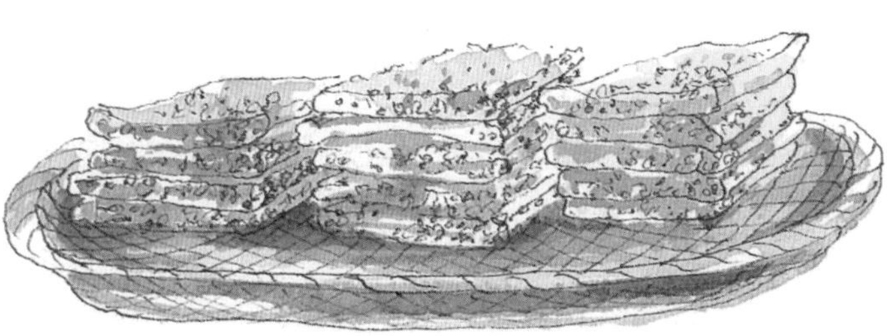

# 청국장,
# 고추씨가 비법이다

어머니 청국장은 개운하다.

직접 가꾼 메주콩으로 손수 띄운 청국장.

어머니는 손님들이 오시면
청국장을 끓여 대접한다.

인도와 필리핀 학생들이
찾아왔을 때도
어머니는 청국장을 끓였다.

맛있단다.

개운한 맛의 비결을 물었다.

고추씨가 비결이다.

# 도토리묵

초가을
바람이 시원하다.

어머니는
산에서 모은 도토리 껍질을
벗기고 찧고 까분다.

시루에 솔잎을 깔고
도토리 가루를 붓는다.
빨간 물과 함께 떫은 성분이 빠져나온다.
여덟 번 우려낸다.
절구질로 물을 다 뺀다.

어머니는
도토리 가루를 소금물에 담근다.
윗물을 떠낸다.
가라앉은 도토리 앙금으로
도토리 가루를 만든다.

어머니는
도토리 가루를 끓인다.
젓는다.
걸쭉하다.

어머니는
금방 만든 도토리묵에 간장을 뿌려
내어온다.

차지고, 쫀득하다.

# 아랫목 밥공기와 김치

내가 다니던 초등학교는
집에서 오 리 떨어져 있다.

걸어서 가고
걸어서 온다.

추운 겨울
나는 집에 오자마자
얼고 부르튼 손을 아랫목에 넣는다.

어머니는
아랫목에서 공기밥을 꺼낸다.
하얀 사발에
공기밥을 쏟고 뜨거운 물을 붓는다.

내가 한 순갈 뜨면
어머니는 김치를 찢어 올려놓는다.

추위가 싹 가신다.

어머니가 웃는다.

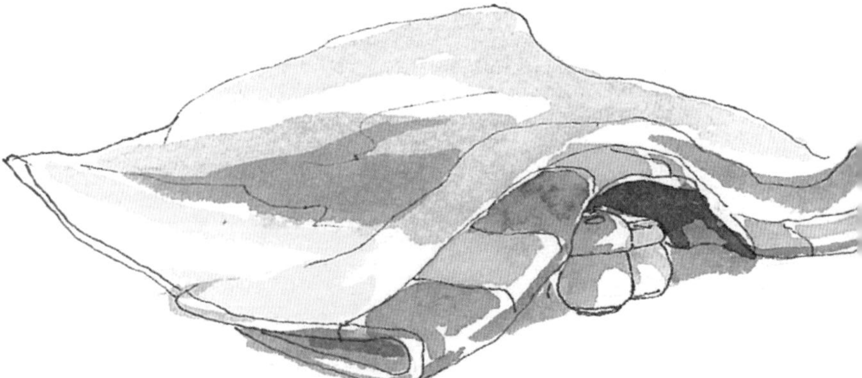

# 보리밥과 고추

어머니는
새벽부터 온종일 바쁘다.

어머니는
새벽에 보리밥 짓고
대나무 채반에 담아
처마 밑에 걸어 놓는다.

시원한 바람이
채반을 통과해
보리밥에 닿는다.

점심시간이다.

어머니는
밭에서 고추를 따온다.

보리밥 냉수 고추 고추장

마루에 걸터앉아
보리밥을 냉수에 말아 먹는다.

매콤하고, 시원하다.

# 인절미

큰 쟁반에
콩고물이 뿌려지고
아버지와 오 남매는
둥그렇게 둘러서 앉는다.

어머니가 인절미를 썰어
큰 쟁반에 놓으면
콩고물에 굴려 먹는다.

고소하다.

손과 얼굴에 콩고물이 묻고
서로를 바라보며
환하게 웃는다.

# 호떡

어머니는
황토밭에 밀을 심었다.

어머니는
밀가루 반죽에 흑설탕을 넣어
호떡을 만들어 주었다.

뜨겁다.
호호 분다.
달콤하다.

# 동동주

어머니는
항아리에
동동주를 담근다.

꼬드밥을 식히고
누룩을 넣어
동동주를 담근다.

술항아리를 아랫목에 놓고
이불로 덮는다.
추워도 안 되고
뜨거워도 안 된다.

뽀글뽀글
발효되는 소리가 좋다.

항아리
깊은 속에서
올라오는 향기가 좋다.

손님들이 찾아오면
뒤꼍에 가서
동동주를 떠 오신다.

용소에서 솟구치는 술을 뜬다.

# 닭백숙의 노란 국물

어머니는
마당 한켠에 닭장을 짓고
닭을 키웠다.

닭이 알을 낳으면
가마솥에 밥을 지으며
계란찜을 만들었다.

일 년에 서너 차례
닭백숙을 만들었다.

마늘을 듬뿍 넣는다.
오랜 시간 달이다 보면
노란 국물이 조금 나온다.
맑은 기름방울이 떠 있다.

어머니는 그 노란 국물을
나부터 먹였다.

건강하고, 힘내거라.

가족들이 둘러앉고
어머니는 손으로 뜨거운 백숙을 발라 놓는다.

# 돼지고기 반 근과
# 김치찌개

어머니는
농산물을 팔고
돼지고기를 반 근 샀다.

돈이 없지만
그래도 먹어야 살 수 있다.
그렇다고 굽거나 불고기를 해 먹을 순 없다.
반 근을 일곱 명이 먹어야 하기 때문이다.

어머니는
김치찌개를 끓일 때 돼지고기를 넣는다.
비록 반 근이지만 푸짐하다.

밥상 한가운데
김치찌개 냄비를 놓는다.

빨간 국물.
매콤하다.

숟가락이 부딪히고
어느새
냄비는 텅 빈다.

# 가마솥 밥

동네 잔치가 있거나
동네 초상이 나면

어머니는
가마솥 가득 밥을 한다.

가마솥 뚜껑 사이로
김이 부글부글 나오면
가마솥 뚜껑 위에
장작 숯불을 올려놓는다.

# 재봉틀

서울 목동에 사는 이모부가
어머니에게
재봉틀을 보냈다.

어머니는
재봉틀을 윗방 창문 앞에 놓았다.
창문을 열면 마당이 보인다.

어머니는
재봉틀로 옷을 만들었다.
헝겊을 모아 밥상보를 만들었다.

학교 운동회가 열리면
응원복도 만들어 주었다.

어머니는
삼베옷을 잘 만들었다.

# 손뜨개질

어머니는
고산장에서
실을 산다.
대바늘 코바늘을 산다.

장갑도 만들고
모자도 만들고
옷도 만든다.

오 남매는
눈이 오면
어머니가 만들어 준 장갑을 끼고
눈사람을 만들며 놀았다.

# 텔레비전으로 세상을 본다

어머니는
텔레비전을 좋아한다.
텔레비전과 함께 산다.

드라마를 볼 때는
그 속에 깊게 몰입한다.

함께 울고, 함께 웃는다.
선한 자를 위로하고, 악한 자를 욕한다.

세상 돌아가는 것과
정치 돌아가는 것에 관심이 많다.
뉴스를 항상 보고,
시사 프로그램을 즐겨 본다.

내가 고향 집에 가면
어머니는 텔레비전 이야기를
몇 시간이고 나에게 들려준다.

# 책을 마치며

기억의 강을 탐험하면서
어머니의 이야기가 곧 나의 이야기임을 알았다.
어머니에 대한 이중적인 나의 복잡한 감정이 단순하고 명확해졌다.

어머니에 대한 무지에서 비롯한 오해와 편견
어머니의 삶을 있는 그대로 받아들이지 못한 옹졸함
어머니의 삶을 내 관점에서만 바라본 이기주의
어머니에게 효도하고 있다는 교만에 사로잡힌 나를 마주했다.

안개가 걷히고, 산과 들과 강이 선명해졌다.
무의식적으로 켜켜이 쌓여 왔던 내 응어리가 풀리는 느낌을 받았다.
어머니에 대한 내 말투가 부드러워지고 있다.
요즘 매일 전화하면서 "엄마, 사랑해"라고 외친다. 더 보고 싶다.

이 책을 쓰면서
나는 어머니가 서 있는 자리에서 어머니를 보려고 했다.
어머니의 마음속 어느 창고에 가둬진 마음을 꺼내 보려고 했다.
기억의 강은 금세 큰 바다가 되었다. 큰 우주가 되었다.
항해를 시작할 무렵에는 금방 기억의 강을 탐험할 수 있다고 생각했다.
항해를 하면 할수록 삶의 바다는 넓어지고,
삶의 우주는 팽창하고 있다는 것을 느꼈다.
이 책은 어느 작은 포구에 잠시 정박하면서 쓴 글에 불과하다.
앞으로도 계속 가족 이야기를 책으로 써 나갈 계획이다.

책을 쓰는 중간중간, 가족 친구 예술가분들과 이야기를 공유했다.
오 남매는 각자의 기억을 쏟아냈다.
서로 모르는 기억도 많았고, 어머니를 바라보는 시선도 다양했다.
어머니에 대한 기록은 한 인간의 기록을 넘어
우리 시대의 기록임을 알게 되었다.

어떤 분은 앞으로 사라질, 그래서 보존해야 할 문화유산이라고 했다.
어떤 분은 삶에 대한 리터러시 교육의 소재로 활용될 수 있다고 했다.
어떤 분은 어르신들로 하여금 자기 스스로 살아온 생애를
돌아보는 방법을 제공할 수 있다고도 했다.
어떤 분은 가족 해체의 시대,
가족문화기획 운동의 사례가 될 수 있다고도 했다.

어머니는 위대하다.
한 인간으로서, 그리고 어머니로서 최선을 다했다.
투쟁의 삶. 창조의 삶. 그 자체가 의미다.
우리 가족의 유산이다.

# 추천의 글

상처투성이인 삶에는 아직도 피가 흐른다.
누군가에게는 잊힌 과거이고
누군가에게는 지나간 시간이지만
이들에게는 여전히 피가 뚝뚝 떨어지는 현재진행형이다.
덕지덕지 앉은 딱지 아래로 새살이 간질간질 돋아난다.
그 간질거림은 삶의 밑바닥에서 꿈틀거리는 신비로운 활력이자
'生'의 민낯을 여실히 보여주는 가슴 아픔이다.

이상민, 가톨릭대학교 교수

세상에 나서 가장 처음으로 눈을 마주치고 품어 준 이가 어머니다. 자식에게 어머니는 시작이자 울타리다. 그러나 어머니이기 전에 그녀는 사랑받는 딸이었고, 아내였고, 며느리였다. 이 시집은 그런 어머니를 사랑하고 안타까워하고 갈등한 작가의 간결하고 진솔된 언어로 정리되어 마치 한 편의 연극을 보는 듯 다가온다. 어머니의 주름진 세월은 그녀만의 서사가 아닌 작가와 가족 모두의 어제와 오늘, 오늘과 내일을 잇는 삶의 기억이자 기록이다.

백령, 경희대학교 교수, 문화예술교육 전문가

은하수와 달, 산과 냇가, 바람과 석양, 생강과 고추, 감나무와 밤나무. 어머니를 위로하고, 격려해 준 친구들이다. 눈물을 닦아 주고, 웃음도 주고, 그리움을 견디게 하고, 때로는 돈으로 변신한다. 인간과 자연이 서로 대화하고 보듬어가는 과정이 자연스럽다. 작가는 한 명 한 명 고구마, 감자, 양파, 마늘, 황토밭, 당근, 호박의 이름을 부르며, 어머니 이야기 마당으로 초대한다.

남윤석, 붓으로 밭을 갈다 (주)필경 대표

'어머니'는 누구나 한번은 그리워했고, 오해하거나, 이유 없이 원망도 해봤을 존재이다. 모든 사랑에는 그리움과 질투, 아쉬움이 공존하기 때문이다. 어머니라는 존재는 한 인간의 뿌리이자 사회를 건강하게 성장시키는 자양분임에도 불구하고 너무나도 자주 눈에 띄지 않는다. 이들의 꿈, 삶의 궤적과 기도 제목은 일기 속이나 마음 깊은 곳에서만 존재해 왔다. 하지만 임학순은 어머니와 함께하는 감정적 교류의 시간을 통해 한 개인으로서 '큰 산'을 올라 바다를 보았고, 그 과정을 시 한 구절구절에 담아냈다. 어머니에 대한 이 책에는 일상생활을 예술적 실천 공간으로 여기는 작가의 소중한 마음이 담겨 있다.

김세희, 큐레이터, 미술경영박사

기억의 강 ①
어머니 정례와 아들 학순

정례가 시집와서 오 남매를 낳았다

초판 인쇄 2019년 6월 20일
초판 발행 2019년 6월 22일

지은이 임학순 | 기획 임현애 | 그림 유지선 | 사진 백승휴
책임편집 김수진 | 펴낸이 이찬규 | 펴낸곳 북코리아
등록번호 제03-01240호 | 전화 02-704-7840 | 팩스 02-704-7848
이메일 sunhaksa@korea.com | 홈페이지 www.북코리아.kr
주소 13209 경기도 성남시 중원구 사기막골로 45번길 14, 우림2차 A동 1007호
ISBN 978-89-6324-658-1 03810

값 14,500원